13,50

JO BRIELS
ONTVOERD!

Jo Briels
Ontvoerd!

Vanaf 10 jaar

Eerste druk: Februari 2010

Eindredactie
Marianne Miltenburg

Vormgeving
Ben Adriaenssen

Cover:
Nynke Talsma

isbn: 9789059326002
D/2010/6699/10
nur 283

© 2010
Abimo Uitgeverij
Europark Zuid 9,
9100 Sint-Niklaas
t. +32 (0)3/ 760 31 00
f. + 32 (0)3/760 31 09
e. info@abimo.net
w. www.abimo.net

Jo Briels

Ontvoerd!

Een nieuw avontuur van Frank Vervoort

Voor mijn lieve vrouw Tinneke.
Zonder haar had ik nooit zoveel boeken kunnen schrijven.

Nieuwe opdracht!

Al sinds zijn jeugd was Frank Vervoort een liefhebber van motoren. Zodra hij oud genoeg was, knutselde hij aan een tweedehandse Vespa. Later was hij overgeschakeld naar zwaardere motoren. Nooit was hij lid geworden van een motorclub. Hij hield ervan in zijn dooie eentje ritten te maken.

Hij stapte op zijn BMW-motor en reed door de tunnel onder de Schelde de stad uit in de richting van de zee. Frank genoot van zijn nieuwe aanwinst. Voor zijn vorige motor had hij een goede overnameprijs gekregen. Op dit model zaten twee afsluitbare metalen koffers aan beide zijkanten en een aan de achterkant. Handig om er de motorhelm in te stoppen en net groot genoeg om de nodige bagage mee te nemen.

Telkens als hij zich rusteloos voelde, maakte hij een uitstap.

De laatste tijd had hij het moeilijk. Het was alweer even geleden dat hij een opdracht had uitgevoerd. Nietsdoen verveelde hem en hij moest in zijn nieuwe functie altijd paraat zijn. Misschien zou de zeelucht hem goed doen.

Op de snelweg draaide hij het gas open, maar hield zich aan de toegestane limiet.

Plotseling voelde hij een lichte trilling op zijn borst. Hij keek uit naar een mogelijkheid om te stoppen. Even verder zag hij een benzinestation. Onmiddellijk draaide hij zijn motor de parking op en reed tot in de verste uithoek. Hij was er alleen. Frank trok de rits van zijn leren motorjak open en viste met zijn vingers de minimobiel op die aan een ketting op zijn borst hing. Hij haakte hem los en tikte met de nagel van zijn duim op de groene knop.

"Frank", meer zei hij niet.

"Bob", klonk het aan de andere kant. "Waar ben je? Het duurde lang voor je opnam."

"Ik ben ter hoogte van Sint-Niklaas."

"Wat doe je daar?"

"Ik ben op weg naar de kust omdat ik me dood verveel."

"Daar komt verandering in. Draai om en rijd terug naar huis. Over anderhalf uur ben ik bij je. Je weet toch waarvoor je moet zorgen?"

"Koffie", luidde het antwoord.

De verbinding werd verbroken. Frank haakte de minimobiel weer vast aan de ketting, ritste zijn motorjak dicht en startte de motor. Bij de eerstvolgende uitrit verliet hij de snelweg en draaide er via de andere kant weer op, richting Antwerpen.

Sinds hij was opgenomen in de Geheime Bijzondere Eenheid was hij aan onverwachte oproepen van zijn chef gewend geraakt, op ieder uur van de dag of de nacht en op alle plekken die je maar kon bedenken.

Zijn leven was gevoelig veranderd.

Van de ene dag op de andere was hij van politie-inspecteur een agent geworden die in het geheim en helemaal alleen speciale opdrachten moest uitvoeren.

Tegen zijn vroegere collega's had hij gezegd dat hij ontslag had genomen uit het politiekorps en een beter betaalde baan had gevonden als beveiligingsagent bij een grote firma.

Bob was nu zijn chef.

Voor de Geheime Dienst werkte hij in burger en beschikte hij over twee bijzondere hulpmiddelen.

Het eerste was een minimobiel die niet in de handel

verkrijgbaar was. Hij was waterdicht en hoefde nooit te worden opgeladen. Het toestel was zo klein dat het meer op een groot medaillon leek.

Het tweede was een creditcard met onbeperkt krediet.

Tot nu toe had hij in alle stilte twee opdrachten uitgevoerd en ze tot een goed einde gebracht, maar hij kon of mocht nooit pronken met zijn resultaten.*

Soms had hij wel eens heimwee naar zijn vroegere leven als politieagent. Dat duurde nooit lang, het avontuur trok hem aan.

Frank hield van snelheid op de motor, maar zorgde er nu voor dat hij de snelheidsmeter goed in het oog hield.

Een halfuur later parkeerde hij zijn motor in de ondergrondse garage van het appartementsblok op de Scheldekaai waar hij in een eenkamerflat woonde.

Hij trok vrijetijdskleding aan, zette koffie, vulde de thermoskan en wachtte op zijn chef.

"Daar komt verandering in", had die aan de telefoon gezegd.

Dat betekende een nieuwe opdracht. Frank was nieuwsgierig naar wat er zat aan te komen. Welke missie zou hij deze keer krijgen?

Vroeger dan afgesproken, meldde zijn chef zich. In zijn ene hand hield hij een koffertje, in de andere had hij twee brieven.

"Van de postbode", zei hij. "We stonden samen aan de voordeur."

"De pukkelman", wist Frank.

"Hoe kom je aan die naam?" vroeg Bob.

"Mijn vader had de gewoonte om iedereen een bijnaam te geven, maar nooit om te kwetsen. Die gewoonte heb ik van hem overgenomen. De postbode heeft een pukkel op zijn linker neusvleugel en daarom noem ik hem pukkelman", lachte Frank.

"Hoe noem je mij?" vroeg zijn chef.

---

* 'SOS vrachtschip Peace in nood'
  'Tumorgas'

"Koffieman", luidde het antwoord.

"Daar kan ik mee leven", grinnikte Bob. "Ik zie dat de koffie klaarstaat."

Hij ging zitten, pakte de thermoskan die op de tafel stond en schonk een mok vol tot aan de rand.

Na een flinke slok zei hij: "Je bent goed, Frank. Ik bedoel natuurlijk in het zetten van koffie."

Frank lachte.

"Dat komt omdat ik er telkens een schepje cichorei aan toevoeg. Dat leerde ik van mijn oma. Je zei aan de telefoon dat er verandering komt in mijn verveling. Wat mag ik verwachten, chef?"

"Om te beginnen krijgt de Geheime Bijzondere Eenheid gevoelige uitbreiding."

"Komen er meer agenten?" vroeg Frank.

"Meer landen treden toe tot de Eenheid, maar omwille van het geheime blijft het aantal agenten per land beperkt."

"Gaan we over de grenzen heen samenwerken?"

"In sommige gevallen kan het een hulp zijn. In principe blijven we werken met eenmansacties."

"Hoe herkennen de agenten elkaar als dat nodig is?"

Bob greep in zijn jaszak en haalde er een sleutelhanger uit. Hij gooide hem op de tafel. Het was een eenvoudig model dat je met een clip aan je broeksriem kon hangen. In een metalen cirkel stond het cijfer 4.

"Dat ben jij", zei Bob. "Jij bent agent nummer 4. Deze sleutelhangers zien er goedkoop uit zodat ze niet opvallen, ze zijn echter uniek. Wie zo'n sleutelhanger draagt, maakt zich aan collega's bekend als geheim agent."

"Mooi, nummer 4 is een cijfer dat me bevalt", lachte Frank.

Bob vulde zijn beker opnieuw. Hij nam rustig de tijd. Het was duidelijk dat hij nog meer te vertellen had. Hij was niet alleen gekomen om een sleutelhanger te brengen.

"Zoals ik zei worden de opdrachten in hoofdzaak altijd nog alleen afgehandeld. Slechts op vraag uit het buitenland of bij heel bijzondere opdrachten wordt met meer dan één agent gewerkt. Dat is nu het geval. Voor je nieuwe taak moet je agent nummer 9 een handje helpen bij zijn opdracht."

"Wie is die nummer 9, baas?"

"Een Italiaan. Hij werkt aan een vreemde zaak waar maar geen schot in komt."

"Waar zit hij?"

"Aan de Riviera dei Fiori, de Italiaanse bloemenkust. Het is bijzonder raar. Het zou zelfs best kunnen dat er van een echte opdracht geen sprake is."

Frank begreep er niets van, zijn nieuwsgierigheid was gewekt. Een opdracht die er misschien geen was.

Bob ging verder.

"Een jaar geleden werd in Rome een congres gehouden waar geen ruchtbaarheid aan werd gegeven. Ingenieurs uit enkele grote landen kwamen in het grootste geheim samen. Ze hadden zich allen gespecialiseerd in raketten…"

"Om naar andere planeten te vliegen?" vroeg Frank.

Zijn chef trok een grimmig gezicht, een duidelijk teken dat hij er niet van hield te worden onderbroken.

"De raketten waarover het gaat, worden gebruikt om kleine vrachtjes, eerste hulp medicijnen bijvoorbeeld, bliksemsnel naar een plaats te brengen waar ze nodig zijn. Denk aan aardbevingen in afgelegen gebieden, overstromingen en ga zo maar door. Hoe kleiner ze die raketten kunnen maken, met toch voldoende kracht om lange afstanden af te leggen, hoe handiger. Een heel nobel doel dus. Op dat congres wilde men met specialisten praten over nieuwe mogelijkheden en gegevens uitwisselen. Een Amerikaanse ingenieur, een kei in miniraketten, nam er ook aan deel. Hij was niet alleen een rakettenspecialist, maar tegelijk stond hij in dienst van de CIA. Niemand was daarvan op de hoogte."

"Wat heeft de Amerikaanse inlichtingendienst met dat congres te maken?" vroeg Frank.

"Het eerste idee van de ontwikkeling van zo'n raket is heel edelmoedig. Het opent echter ook de mogelijkheid om springstoffen en zelfs kleine kernkoppen precies regelrecht naar hun doel te brengen. Dan is het niet zo nobel meer. De Amerikanen wilden er daarom een waakhond hebben."

"Die Amerikaanse ingenieur."

"Nu wil het feit dat hij nooit in Rome is aangekomen."

Bob tikte met zijn wijsvinger op de thermoskan. Een teken voor Frank dat hij moest bijvullen.

"Hoe heette die Amerikaan?" vroeg Frank terwijl hij Bobs beker volgoot.

"Ashton. Om zo onopvallend mogelijk in Rome te komen, vertrok hij twee weken voor het geheime congres begon. Hij maakte een reis langs de kunststeden, om te eindigen in de Italiaanse hoofdstad. Heb jij geen kaart van Zuid-Europa?"

Frank pakte van zijn boekenplank een autoatlas en gaf hem aan Bob. Die bladerde erin tot hij de juiste kaart vond. Hij zette zijn wijsvinger op de Franse hoofdstad.

"Ashton vloog van New-York naar Parijs." Bobs vinger schoof naar een plaats aan de Middellandse Zee. "Vanuit de Franse hoofdstad vloog hij naar Nice. Daar logeerde hij één nacht en ging de volgende dag met de bus naar Menton, niet ver van de Frans-Italiaanse grens. Hij verbleef er slechts één nacht, huurde de volgende dag een auto en stak de grens over. Dit was zijn vooropgezette reisplan."

Met zijn wijsvinger trok Bob een denkbeeldige lijn door heel Italië, tot aan Rome. Hij somde bij hun naam de steden op die Ashton wilde bezoeken.

Frank floot. "Een mooie reis."

"Er kwam niet veel van in huis. Ashton raakte niet verder

dan San Remo. Daar logeerde hij twee nachten in hotel Città Bella. Hij had voor drie dagen geboekt, maar kwam de derde dag niet meer opdagen. Met Amerikaanse toeristen is men daar wel wat gewend en daarom maakte men zich niet onmiddellijk ongerust. Na een week deed men dat toch, omdat het opviel dat zijn huurwagen ongebruikt op dezelfde plaats van de parking bleef staan. Pas toen werd alarm geslagen. Het Franse verhuurbedrijf kwam de auto ophalen. De Italiaanse carabinieri deden geen echt onderzoek. Ze dachten dat hij een Italiaanse schoonheid had ontmoet en er met haar vandoor was. Verder werd er niet veel aandacht aan gegeven. De inrichters van de conferentie in Rome vonden het vreemd dat hij niet kwam. Zij wisten niets over de geplande reis van de Amerikaanse ingenieur door Italië en ze brachten Amerika op de hoogte. Tegelijk werd een klein onderzoek gestart dat op niets uitliep. In het thuisland van Ashton was men ongerust, maar veel nieuws werd er niet gegeven. Vergeet niet dat hij in dienst was van de Amerikaanse inlichtingendienst, en dat moest tot elke prijs geheim blijven."

"Waarom dan nu, na een jaar, opnieuw belangstelling voor hem?" vroeg Frank.

"Ashton was een eenling, niet getrouwd, en had haast geen familie. In zijn vakgebied was hij niet de eerste de beste. Hij was meer dan een kei. Ondanks dat alles werd hij vlug vergeten. Plotseling kwam de Italiaanse maffia in beeld."

"Geen katjes om zonder handschoenen aan te pakken."

"Een bepaalde tak van de Italiaanse maffia schakelde over van drugsverkoop naar wapenhandel. Dat ging gepaard met een enorme belangstelling voor miniraketten. Daarbij dook de naam van Ashton weer op. Toen ontstond de idee dat hij misschien door hen was omgekocht, maar even zo goed kon hij door hen zijn ontvoerd. Mogelijk werd hij gevangen gehouden."

"Ik vind het vergezocht", zei Frank. "Is er iets dat wijst op een ontvoering?"

Bob nam een grote slok koffie en antwoordde niet onmiddellijk.

"Hebben de Amerikanen zelf nooit ter plaatse wat ondernomen?" wilde Frank weten.

"Daar hebben we geen idee van, als het over zulke dingen gaat, zijn ze niet erg mededeelzaam. Ik denk dat zij via de Geheime Internationale Bijzondere Eenheid de Italiaanse agent nummer 9 naar San Remo stuurden om daar nog eens te gaan rondneuzen. Zo bleven ze zelf uit beeld."

"Beter laat dan nooit", spotte Frank. "Hoe is het mogelijk, pas na één jaar."

Bob haalde zijn schouders op en ging verder.

"Nummer 9 deed wat hem werd opgedragen. Hij meldde kortgeleden aan zijn chef dat hij er bijna zeker van is dat Ashton indertijd werd ontvoerd. Hij is iets op het spoor gekomen en wil graag hulp. Daarom krijg jij een nieuwe opdracht. Persoonlijk geloof ik niet erg in deze hele zaak, het kan puur tijdverlies zijn. Onze hulp kunnen en mogen wij echter niet weigeren."

"Waarom ik?"

"De internationale organisatie weet alles van de aangesloten agenten. Ze weten dat jij zowel het Italiaans als het Frans machtig bent. Morgen vertrek je naar San Remo. Agent nummer 9 logeert in hotel Città Bella en hij heeft zelfs kamer 206, waarin ook Ashton logeerde."

Frank schoot in de lach.

"Is die agent een grapjas?" hikte hij. "Een jaar na zijn verdwijning logeren in de kamer van de vermiste. Gaat hij daar misschien sporen zoeken? Alsof dat wat oplevert."

Zijn chef bleef ernstig.

"In ieder geval beweert nummer 9 bij hoog en bij laag dat hij iets op het spoor is. Maak je klaar."

"Hoe ga ik?"

"Als doodgewone toerist met je BMW-motor. Met de mini-mobiel en je creditcard wordt het voor jou misschien een mooie, zonnige, gratis vakantie."

"Hoe herken ik agent nummer 9?"

"Aan zijn sleutelhanger."

Bob pakte het kleine koffertje dat hij had meegebracht en legde het op de tafel.

"Dit past precies in de motorkoffer van je nieuwe BMW. Maak het open."

Frank volgde het bevel op en keek verrast. Het koffertje was leeg.

"Wat moet ik hiermee?"

"Inpakken wat je nodig hebt."

"Veel kan er niet in."

"Wacht."

De chef stak zijn hand in het lege koffertje en duwde op een knopje. Een paneeltje schoof weg en Frank zag in de opening een revolver liggen."

"Speciaal model", zei Bob. "Uniek, extra plat en niet in de handel. Klein en doeltreffend. Onlangs heb je nog geschoten in de schietclub. Ik hoorde dat je schitterende resultaten hebt gehaald."

"Waarom heb ik een revolver nodig?"

"Als nummer 9 echt wat op het spoor is, heeft hoogst-waarschijnlijk de maffia er wat mee te maken. Dan kan je beter gewapend zijn. In het grote Europa zijn de grenscontroles tot een minimum herleid zolang je niet met het vliegtuig reist. Met dit koffertje hoef je niet bang te zijn dat iemand het wapen vindt, zelfs met een scanner is het niet te vinden. Ik hoop dat je het wapen niet nodig hebt en dat de hele opdracht voor jou uitdraait op enkele dagen uitrusten aan een zonnige kust. Wees voorzichtig. Vergeet niet dat je in Italië bent en eet je spaghetti alleen met je vork, zoals een echte Italiaan dat doet. Vertrek zo gauw je kunt. Dat doe ik nu ook, want de koffie is op."

"Met de sloten koffie die jij drinkt, moet je vanbinnen pikzwart zien", lachte Frank.

Bob stak zijn duim op en liep naar buiten. Even nog stak hij zijn hoofd om de deur en zei: "Vakantie! Geluksvogel."

Zodra zijn chef de deur uit was, pakte Frank het noodzakelijkste in, trok zijn motorpak aan, sloot de elektriciteit af en liep naar de garage. Het koffertje dat hij van Bob had gekregen, stak hij in de rechterkoffer van zijn BMW. Hij wilde niet wachten tot morgen. Met nog een halve dag voor de boeg kon hij nog een heel eind in Frankrijk geraken. En mocht zijn missie uitdraaien op een vakantie, dan wilde hij er zolang mogelijk van genieten.

Even stopte hij bij een boekhandel en kocht een wegenkaart op schaal 1/400.000 van de streek tussen Nice en San Remo.

"Stom dat ik geen navigatiesysteem kocht bij de aankoop van mijn motor", bromde hij.

Een nieuwe opdracht of een leuke uitstap begon.

Naar San Remo

De tweede dag van zijn reis naar San Remo voelde Frank zich kiplekker. Na een rit van ongeveer vijfhonderd kilometer had hij de avond tevoren langs de weg in de buurt van Dijon een klein hotel gevonden om te overnachten. Hij koos voor een route door Frankrijk omdat hij via Nice en Menton Italië wilde binnenrijden. Net zoals de Amerikaan het een jaar geleden had gedaan.

Na een stevig ontbijt vertrok hij. Hij genoot van het weer en verslond kilometers. De tijd van het jaar viel mee, omdat het grote toeristenseizoen nog van start moest gaan.

Frank was nieuwsgierig naar wat komen zou. Nooit tevoren was hij met zo weinig gegevens aan het werk gegaan. Afwachten wat zijn Italiaanse collega hem ging vertellen. Hij wilde proberen in hetzelfde hotel als nummer 9 een kamer te boeken, maar hij zou zich niet onmiddellijk aan hem bekendmaken. Eerst even kijken wat voor vlees hij in de kuip had.

In de namiddag reed hij door de Franse badplaats Nice en genoot van het uitzicht op de Middellandse Zee en de superjachten die er voor anker lagen.

Langs Monaco bereikte hij Menton. Net buiten de stad hield hij halt bij het laatste benzinestation in Frankrijk. Op de winkel ernaast stond: 'Chez Gilbert'.

Frank tankte zijn tank vol en net op het moment dat hij zijn motor wilde starten, tikte iemand op zijn schouder.

Frank keek opzij en zag een jonge kerel naast hem staan. Hij schatte hem rond de twintig. De jongeman was stevig gebouwd. Frank zette zijn motor uit.

"Kan ik een eindje meerijden?" vroeg de man.

Bij die vraag spleet zijn gezicht open in een vriendelijke glimlach.

Frank aarzelde. Hij kwam met een missie en bij zijn vorige opdrachten had hij geleerd daar niet van af te wijken door zich in te laten met anderen.

"Een paar kilometer maar", smeekte de jongeman. "Ik ben Pierre, tenminste hier in Frankrijk. Even verder in Italië noemen ze me Pietro. Dat komt omdat mijn vader, een Fransman, verliefd werd op een Italiaanse schone, mijn moeder. Ze trouwden, en ik ben de vrucht van hun liefde. Ik heb pech met mijn auto en ik moet dringend naar Ventimiglia, dat is net over de grens."

Frank had er niet veel zin in en hij zocht een goede reden om op een beleefde manier te weigeren.

"Ik heb maar één helm", zei hij. "En zonder helm is meerijden op een motor verboden."

"Ik heb er een", lachte Pietro. Hij wees naar de winkel naast het benzinestation. "De uitbater is de oudste broer van mijn vader. Mijn oncle Gilbert leent me zijn helm wel, zijn motor is toch stuk. Van hier naar Ventimiglia is het slechts 10 kilometer. Ik vraag dus maar een heel korte lift."

"Oké", zuchtte Frank. "Haal die helm maar. Wel opschieten, want ik moet nog naar San Remo."

"Van Ventimiglia naar San Remo is het slechts 15 kilometer!" riep Pietro terwijl hij naar de winkel van zijn oom rende. Even later was hij terug met een motorhelm op het hoofd. Hij klom bij Frank achterop de duozitting en tikte op diens helm, een teken om aan te geven dat hij mocht vertrekken. Aan de grens met Italië was een klein gebouwtje. Een Italiaanse tolbeambte zat op een stoeltje en leunde met zijn rug tegen de muur. Hij keek naar de wagens die traag voorbijreden. Frank hoorde Pietro luidkeels roepen en daarop zwaaide de tolbeambte naar hen.

"Hij is de broer van mijn moeder. Hij is mijn Italiaanse zio Alfonso!" riep Pietro in Franks oor.

Zio is het Italiaanse woord voor oom, wist Frank.

Onmiddellijk daarop kreeg hij weer een tik op zijn helm. Pietro wees naar een ristorante naast de weg.

"Stoppen!" gilde de jongeman. "Ik ben er!"

Frank remde en zette de motor uit.

"Hier moet ik zijn", wees Pietro naar de ristorante. "Mijn oom is de baas van dit eethuis. Zio Mario maakt de beste cappuccino van de hele provincie."

"Hoeveel ooms heb jij eigenlijk?" vroeg Frank. "Of noem jij iedereen oom?"

"Mijn moeder heeft twee broers, Alfonso en Mario. Wij zijn een grote familie, signor. Kom mee, het zou voor zio Mario een belediging zijn als je niet van zijn heerlijke cappuccino zou proeven."

"Ik heb niet veel tijd, Pietro. Je weet dat ik naar San Remo moet."

"Een steenworp hiervandaan. Je moet een cappuccino drinken."

Frank gaf toe en volgde Pietro naar binnen, waar hij hem voorstelde aan zijn zio Mario. Mario had ooit zijn neus gebroken, waardoor deze een beetje naar links zwenkte.

"Piacevole conoscenza. Il mio nome è Francesco *", zei Frank tegen Mario.

Daarop begon hij met de chef van de ristorante een gesprek in het Italiaans.

---

* Aangename kennismaking. Mijn naam is Frank.

"Mamma mia!" riep Pietro. "Met mij sprak je de hele tijd Frans en nu praat je Italiaans. Welke talen ken jij nog meer?"

"Mijn eigen taal het Nederlands, en ik spreek Duits, Engels, Italiaans en Spaans. Ik kom uit Antwerpen, een grote havenstad. Wij kunnen ons daar in de meeste talen behelpen."

Intussen had Mario een kop cappuccino voor hem gezet.

"Jouw neef heeft gelijk", feliciteerde Frank hem na een eerste slok. "Zo lekker dronk ik hem nooit."

"Waarheen voert de reis signor Francesco?" vroeg Mario.

"San Remo", antwoordde Frank.

"Kom je zonnen?"

"Vooral rondkijken. Ik zie wel. Nu moet ik gaan. Vrienden hebben me hotel Città Bella aanbevolen. Ik hoop dat er plaats is."

Mario grijnsde.

"Mijn neef werkt daar bij de receptie. Ik maak het voor jou in orde."

Hij greep de telefoon en begon in rad Italiaans te praten, terwijl hij met zijn vrije arm zwaaide om zijn woorden kracht bij te zetten. Na een poosje draaide hij zich naar Frank.

"Mijn neef Alberto vraagt of je een speciale voorkeur hebt voor een kamer?"

"Ik ben bijgelovig", loog Frank. "Liefst wil ik een kamer op de tweede verdieping."

Hij dacht aan de kamer van agent nummer 9 die in 206 logeerde.

Opnieuw ratelde Mario in de hoorn en legde hem daarna op de haak.

"Het is in orde. En als je eens goed wilt eten, kom je gewoon lekker hiernaartoe."

Verontwaardigd wees hij het geld van de hand dat Frank hem voor de cappuccino wilde geven.

Frank nam afscheid en reed naar San Remo. Het was niet moeilijk om hotel Città Bella te vinden. Ernaast was een grote parking voor de gasten van het hotel. Het gebouw zelf was in oude stijl en neef Alberto begroette hem hartelijk, alsof hij een vaste logé was. Hij overhandigde hem de sleutel van kamer 202.

"We hebben een kleine overdekte garage. Daar kun je het best je motor parkeren, signor Francesco."

Frank nam een uitgebreid bad om de vermoeienis van de reis weg te spoelen en belde toen zijn chef.

"Ik ben aangekomen en logeer in hotel Città Bella. Ik heb kamer 202, op dezelfde gang als die van agent nummer 9."

"Heb je hem ontmoet?" vroeg Bob.

"Ik kijk de kat uit de boom en wil hem eerst even gadeslaan."

"Goed idee. Hou me op de hoogte."

De moord

De volgende morgen zat Frank in de eetsalon van het hotel te ontbijten toen er een jongeman binnenstapte. Aan zijn broeksriem bungelde duidelijk zichtbaar een sleutelhanger met het nummer 9.

Dat is hem, dacht Frank. Ik ga hem vandaag observeren. Vanavond neem ik tijdens een lekkere maaltijd contact met hem op.

Na het ontbijt nam nummer 9 de lift naar boven. Frank maakte het zich gemakkelijk in een fauteuil bij de receptie en verschool zich achter een krant. Geen halfuur later kwam nummer 9 in sportkledij naar beneden, gaf zijn kamersleutel aan de receptionist en liep naar buiten.

Frank vouwde de krant op, wandelde naar de balie en vroeg aan neef Alberto: "Wie is de man die zo-even zijn sleutel gaf? Ik meende hem te herkennen van lang geleden."

"Een toerist uit Rome", antwoordde Alberto. "Hij verblijft hier al enkele dagen. Vandaag gaat hij duiken."

"Waar kan dat?"

"Langs de hele kust. Als je interesse hebt, hier is een folder." Hij gaf Frank een reclamebrochure en wees op een naam. "Dit hier is een goede club in Ventimiglia. Ze ligt vlak naast de ristorante van mijn oom. Zeg maar dat ik je gestuurd heb. Dan krijg jij een betere bediening en ik ontvang een procentje."

Hij knipoogde.

Frank bedankte hem, liep naar buiten en zag nummer 9 in een open, knalgele sportauto in de richting van de Franse grens wegrijden. Hij aarzelde geen ogenblik en liep naar de garage. Daar pakte hij zijn motorhelm uit de zijkoffer van zijn motor en reed even later achter zijn Italiaanse collega aan.

Agent nummer 9 had geen haast en na tien kilometer zag Frank in de verte een gele stip. Op veilige afstand bleef hij achter de sportauto. Lang hoefde hij het niet te doen, want vlak naast de ristorante van Mario draaide nummer 9 de parking van de duikclub op.

Frank bleef aan de overkant van de weg staan.

Hij gaat inderdaad duiken. Voor zijn plezier? Of heeft het met de opdracht te maken? vroeg hij zich af.

Even overwoog ook hij de duikclub binnen te stappen, maar besloot het toch niet te doen.

Ik blijf bij mijn eerste gedacht om pas vanavond contact met hem op te nemen, nam hij zich voor. Het zal wel klikken tussen ons. Ik heb tenslotte genoeg duikervaring opgedaan tijdens mijn vakanties in Spanje en Egypte. Een gesprek daarover kan het ijs tussen ons doen breken. Ik krijg er nu al zin in. Nummer 9 lijkt me een sympathieke kerel.

Hij pakte de reclamebrochure uit zijn zak en keek hem in. De duikclub naast de ristorante van Mario stond vermeld 'met stip'.

Frank brandde van nieuwsgierigheid. Wat was nummer 9 aan de weet gekomen over de verdwenen Amerikaan Ashton?

"Ik maak een rit met de motor en vanmiddag ga ik bij Mario een hapje eten", besloot hij hardop.

Hij startte de motor en reed de heuvels in die de zee scheidde van het binnenland. Af en toe kreeg hij prachtige uitzichten over de Middellandse Zee. Ze beroerden hem nauwelijks.

Frank miste actie.

Drie uur later zette hij zijn motor op een open plek achter de ristorante. Ernaast zag hij op de parking van de duikclub de opvallende gele sportauto van nummer 9.

Hij ging het restaurant binnen.

"Hé Mario!" riep hij. "Ik kom je danken voor jouw hulp. Je neef Alberto gaf me een schitterende kamer!"

Mario begroette hem hartelijk, schonk een glas chianti in en schoof het naar Frank.

"Van het huis."

"Ik ben met de motor en dan drink ik alleen koffie of water."

Mario grinnikte, knikte goedkeurend en dronk vervolgens zelf het glas in één teug leeg, waarna hij een stevige boer liet. Vervolgens stak hij zijn hand uit naar de koffiemachine om voor Frank een cappuccino te maken.

Zo ver kwam het niet.

Pietro kwam naar binnen gelopen.

"Zio Mario!" riep hij met angst in zijn ogen. "Hiernaast op de parking van de duikclub ligt een dode. Ze wachten op de komst van de ambulance."

"Wie is het?" vroeg Mario.

"Weet ik niet, ik heb hem niet gezien."

Mario liep de ristorante uit met Frank op zijn hielen.

Op de parking lag inderdaad iemand onder een zeildoek met een handvol mensen eromheen. Mario stevende er recht op af. Niemand van de club hield hem tegen. Hij pakte een punt van het zeildoek en tilde het op.

"Dat is de jongeman uit Rome", zei hij. "Hij kwam regelmatig bij mij eten."

Frank was dichterbij gekomen, boog zich voorover en keek recht in het gezicht van een dode nummer 9. De adem stokte hem in de keel.

Wat een afgrijselijk einde van mijn missie, dacht hij. Een verdronken agent kan mij niets meer vertellen en tot nu toe weet ik helemaal niets. Ik kan beter meteen Bob bellen en hem vragen wat ik moet doen.

Met de anderen in de buurt kon hij moeilijk de minimobiel tevoorschijn halen.

Hij hoorde Mario vragen: "Wanneer wordt hij weggehaald?" "Er is iets aan de hand omtrent zijn doodsoorzaak. We wachten op de polizia. Het is zo goed als zeker dat er iets niet in de haak is."

Dat verandert de zaak, dacht Frank. Als nummer 9 niet gewoon verdronken is maar vermoord, dan betekent het dat hij iemand dicht op de hielen zat. Hij kan het mij jammer genoeg niet meer vertellen. Ik had verdorie onmiddellijk contact met hem moeten opnemen.

Misschien heeft hij iets genoteerd, flitste het door zijn hoofd. Als dat zo is, moet het op zijn hotelkamer te vinden zijn. Mijn laatste mogelijkheid om iets te ontdekken.

Hij schoof stilletjes weg van de groep nieuwsgierigen die was aangegroeid, liep naar zijn motor, en zonder van Mario afscheid te nemen reed hij bliksemsnel naar het hotel. Hij moest vlug handelen. De kans was groot dat Mario naar zijn neef zou bellen om hem de dood van een gast te melden.

Op de korte rit naar Città Bella vroeg hij zich af hoe hij kamer 206 kon binnenkomen. Hij had er geen idee van. Misschien was het beter de zaak blauwblauw te laten en naar huis te gaan.

Frank stapte de receptie in en hoorde Alberto tegen een hulpje zeggen: "Neem het hier even over. Ik moet een boodschap doen, het duurt niet lang. Beleefd zijn tegen de mensen."

Het knaapje kwam achter de balie staan en zodra Alberto verdwenen was, liep Frank erheen en vroeg: "Sleutel 206, alsjeblieft."

De jongen pakte de gevraagde sleutel.

"Prego signor."

Frank schoot ermee de trap op, dat ging sneller dan te wachten op de lift. Hij moest vlug handelen.

Hij stapte kamer 206 binnen. Het kamermeisje had haar werk al keurig gedaan. De kamer was schoongemaakt en het bed opgemaakt. Hij zou dus niet gestoord worden.

Frank trok de deur van de klerenkast open. Op een schap bovenin lag een reistas. Hij keek erin... leeg. Er hingen twee jasjes. Frank tastte in de zakken en vond in een ervan een agenda. Die plukte hij eruit, stak hem in zijn zak, verliet de kamer en liep de trap weer af. Alberto stond opnieuw achter de balie en hij lachte toen hij Frank zag.

"Ik kreeg een verkeerde sleutel", zei hij terwijl hij hem op de balie legde. "Ik logeer in 202."

"Hulpjes!" Alberto rolde met zijn ogen.

Hij zei geen woord over de dood van de gast in kamer 206. De neef van Mario wist er dus nog niets van.

Plotseling besefte Frank dat hij niet langer in hotel Città Bella kon blijven. Het was logisch dat de politie naar het hotel ging komen. Zodra de agenten arriveerden, en dat zou vast niet lang uitblijven, kon zijn vraag naar sleutel 206 verdacht overkomen. Veronderstel dat het hulpje bij hoog en bij laag volhield dat hij naar 206 had gevraagd.

"Misschien reageer ik te voorzichtig", mompelde hij. "Maar ik mag het me niet veroorloven fouten te maken."

"Alberto", zei hij. "Ik heb helaas slecht nieuws. Ik moet onmiddellijk vertrekken."

"Nu al?" vroeg de receptionist. "Je bent hier pas."

"Ik kreeg een telefoontje van de zaak waar ik werk. De grote baas is overleden en het is normaal dat de werknemers op de uitvaart aanwezig zijn."

Alberto betuigde zijn medeleven en gaf Frank sleutel 202. In minder dan een kwartier had hij gepakt en de rekening betaald.

Terwijl hij met de motor de garage van het hotel uitreed, reed een politieauto de parking op.

Drie notities

Frank twijfelde welke richting hij zou nemen. Naar Ventimiglia, waar Mario zijn ristorante had? Misschien wist die in de buurt een pension met kamers.

Nee. Hij schudde zijn hoofd. Hij kon maar beter wegblijven van de plaats waar agent nummer 9 werd vermoord. Hij keek op de wegenkaart die hij in Antwerpen had gekocht. Zeven kilometer buiten San Remo lag Arma di Taggia, daar zou hij een onderkomen zoeken.

Frank volgde de kustlijn.

Eenmaal buiten San Remo werd zijn nieuwsgierigheid te groot. Zou hij iets vinden in de zakagenda van zijn collega? Bij de eerste de beste open plek parkeerde hij zijn motor. Er stonden enkele boompjes en in de schaduw van een daarvan ging hij zitten. Wie hem daar zag, zou denken dat hij even uitrustte.

Frank opende de agenda.

"Het is er verdorie een van vorig jaar", bromde hij.

Toen hij er echter in begon te bladeren, merkte hij onmiddellijk dat nummer 9 de agenda niet op datum had gebruikt. Voor hem was het gewoon een handig notitieboekje geweest. Het stond vol met namen, adressen en telefoonnummers, hoofdzakelijk van meisjes.

"Een Italiaanse hartenbreker", lachte Frank. "Of iemand met veel zussen en nichtjes."

Hij vond niets wat verwees naar zijn opdracht.

Op de laatst beschreven bladzij stonden enkele woorden onder elkaar. Ze waren groot geschreven, met erachter drie uitroeptekens, en omcirkeld.

Ze maakten hem niets wijzer.

Of toch?

Voor hij op de open plek parkeerde, had hij een wegwijzer gezien die naar de heuvels wees met als opschrift: Bussana Vecchia. Daar verwees de eerste notitie dus naar.

Waarom?

Tartaruga betekende schildpad. Wat kwam dat beest erbij doen? Het lidwoord 'la' ervoor kon duiden op een instelling met die naam. Een hotel? Een bar? Een schip? Een discotent?

Het woord Hanbury zei hem helemaal niets. De naam van een persoon? Hanbury klonk Amerikaans.

Ashton was een Amerikaan.

"Ik voel dat deze woorden iets te maken hebben met de opdracht die ik samen met nummer 9 moest uitvoeren. In Bussana Vecchia logeert in hotel La Tartaruga een man die Hanbury heet. Gekke fantasie", grinnikte hij. "Horen wat Bob me vertelt."

Frank haakte de minimobiel los van de ketting om zijn hals en belde zijn chef.

"Heb je iets gevonden?" vroeg Bob toen Frank zich meldde.

"Een lijk", antwoordde hij.

"Wat!" riep zijn chef.

"Agent nummer 9 is niet meer. Ik kreeg niet eens de kans met hem kennis te maken. Hij ging vanochtend duiken.

Ik volgde hem en wilde hem vanavond aanspreken. Voor het zover was, lag zijn lijk onder een zeil."

"Hoe is hij om het leven gekomen?" vroeg Bob.

"Verdronken. Er is waarschijnlijk meer aan de hand. Men veronderstelt dat hij werd vermoord. De polizia onderzoekt de zaak. Voor ze in het hotel arriveerden, maakte ik me uit de voeten. Ik ben nu op zoek naar een ander onderkomen in de buurt."

Frank hoorde zijn chef fluiten.

"Je zit dus hopeloos vast?"

"Dat dacht ik eerst ook. Voor zijn dood in het hotel bekend raakte, doorzocht ik vlug zijn kamer. Ik vond zijn zakagenda. Stelt niet veel voor, behalve drie kleine notities die mogelijk met de opdracht te maken hebben. Dat wil ik verder onderzoeken."

"Hoe luiden die notities?"

"Bussana Vecchia, La Tartaruga en Hanbury. De eerste verwijst naar een dorp in de buurt. De tweede kan naar een instelling verwijzen. De derde lijkt mij een naam. Ik heb geen flauw idee hoe die drie met elkaar in verband staan. Snuffel jij even op internet of je meer te weten komt over die Hanbury, dan hoef ik niet naar een internetwinkel te zoeken. Ik kijk nu uit naar een nieuw onderkomen. Zodra ik wat heb, bel ik je terug."

Frank klikte de minimobiel dicht, stapte op zijn motor en reed verder. In Arma di Taggia hoefde hij niet lang te zoeken. Vlak aan het strand trof hij een klein familiepension. Het was genoemd naar de uitbaatster, Anna. Zij was een praatgrage weduwe die hem hartelijk verwelkomde. Ze was niet meer zo jong en ze gedroeg zich als een moeder voor haar gasten.

Onmiddellijk ontfermde ze zich over Frank. Toen ze hoorde dat hij die middag nog niet had gegeten, repte ze zich naar de keuken en serveerde hem nog geen halfuur later een heerlijke spaghetti bolognese.

Frank nam zich voor pas 's avonds naar Bob te bellen om hem te melden waar hij verbleef. Door dat even uit te stellen, kreeg zijn chef meer tijd om de nodige informatie in te winnen over die Hanbury.

Zelf doodde hij de tijd met een flinke wandeling door Arma di Taggia.

*

Hij was pas terug op zijn kamer toen zijn minimobiel trilde. "Ik weet niet of je er veel aan hebt in verband met je opdracht", zei Bob. "Ik heb heel wat gevonden over die Hanbury. Hij is een Engelsman, of beter gezegd dat wás hij, want de man is al lang dood. Thomas Hanbury was de zoon van schatrijke ouders. Toen hij achttien jaar werd, trok hij in 1853 naar Shangai in China en begon daar een handel in zijde, thee en specerijen. Dat leverde flink wat op en hij bracht het tot multimiljonair. Zijn grote passie was planten. Hij ging met pensioen en wijdde de rest van zijn leven aan de flora van over de hele wereld. Tijdens een reis met zijn jacht kwam Thomas Hanbury in Menton terecht. Daar vertelden ze hem dat vlak over de grens op Italiaans grondgebied een grote kaap in zee steekt. Ze heet de Punta della Mortola. Op dat grote, woeste stuk land stond een vervallen paleis. Niemand kwam er, want de mensen uit de streek geloofden dat er 's nachts een geest rondwaarde. Dat was Violante, een non die honderden jaren geleden in het paleis had gewoond. Thomas was nieuwsgierig en voer er met zijn jacht heen. Het zicht op de kaap vanuit de zee was adembenemend. Hij vond de plaats uitermate geschikt en kocht hem. De rest van zijn leven wijdde hij, samen met zijn broer, aan het aanleggen van een tuin. Daarin verzamelde hij planten vanuit de hele wereld. Het is er nu nog een soort van aards paradijs, een hemel op aarde. Er bloeien de mooiste palmbomen en cipressen, er bloeien cactussen en exotische bloemen die je nergens anders ziet. De tuin kreeg de naam:

Hanburytuin. Hij bestaat nog en de toeristen kunnen hem bezoeken."

"Ik wist niet dat jij zo mooi kon vertellen", lachte Frank.

"Ik heb het niet verteld, ik lees het af zoals ik het vond op internet. Wat een plantentuin te maken zou kunnen hebben met een verdwenen Amerikaan weet ik niet. Omdat de Hanburytuin daar in de buurt is en je de naam ervan in de agenda van nummer 9 vond, kan je er beter eens een kijkje nemen. Levert het niets op, kom dan naar huis. Hou me op de hoogte."

Einde van het gesprek.

*

Na het avondmaal kwam Anna bij hem aan tafel zitten. Ze schonk een glaasje grappa voor hem in.

"Aangeboden door het huis", zei ze. "Een alcoholische drank, dus niet drinken als je nog moet rijden. Hij is heel lekker bij de koffie en goed voor de spijsvertering. Maak je een plezierreis aan onze bloemenkust?"

"Ja", lachte Frank. "Ik wil zoveel mogelijk de omgeving verkennen. Zijn er bezienswaardigheden die ik niet mag missen?"

"In de eerste plaats de Hanburytuin", zei Anna. "Als je uit Frankrijk kwam, ben je er op weg hierheen langsgekomen."

"Ik ga hem zeker bekijken."

"Moet je doen", zei Anna. "Vergeet ook Bussana Vecchia niet, het oude Bussana."

"Wat is daar zo speciaal aan?" vroeg Frank.

Hij dacht aan de notitie in het boekje van agent nummer 9.

"Om te beginnen het landschap", vertelde Anna. "Bussana Vecchia ligt boven op een rotsheuvel. De plaats ontstond lang geleden rond een kasteel. Later kwam er ook een kerk. In 1887 werd Bussana Vecchia getroffen door een hevige aardbeving. Veel mensen vonden de dood. Drie kilometer bergafwaarts, dichter bij de zee, bouwde men een nieuw Bussana. Daarom heet dat Bussana Nueva. Het getroffen bergdorp werd een spookstad en lag er vele jaren verlaten bij. Veel later vestigden er zich kunstenaars, minder goede en knappe. Ook avonturiers en vreemde snoeshanen zochten er een goedkope woning in het puin. Het loont de moeite er eens door de overblijfselen van het oude dorp te wandelen."

Verdorie, dacht Frank, eerst kreeg ik geschiedenisles van mijn chef en nu van Anna. Ik lijk wel een echte toerist. Wat kunnen in hemelsnaam een plantentuin en een spookdorp te maken hebben met een verdwenen Amerikaanse ingenieur die gespecialiseerd is in raketten?

"Morgen ga ik eerst naar de Hanburytuin", zei hij.

"Goed idee", knikte Anna.

De Hanburytuin

Frank reed door San Remo op weg naar de Hanburytuin. Hij maakte een ommetje langs het hotel Città Bella. Terwijl hij er traag voorbijreed, zag hij op de parking de knalgele auto van de dode nummer 9 staan.

Zou er echt moord in het spel zijn geweest? Hij kon het moeilijk aan Alberto vragen. Misschien kon Mario hem meer vertellen.

Pas toen hij diens ristorante passeerde dacht hij eraan dat hij Alberto had gezegd dat hij naar een begrafenis moest. Misschien had die dat al aan Mario verteld. Dat risico moest hij nemen, en een antwoord klaar hebben, mocht hij erover beginnen.

Hij stapte het restaurant binnen. Mario was er niet.

Pietro zat aan een tafeltje en begroette hem hartelijk.

"Ben jij hier nog?" vroeg Frank.

"Ik wacht op een telefoontje van mijn oncle Gilbert om te horen of mijn auto gerepareerd is. Intussen help ik zio Mario een handje."

"Handig als je zoveel gastvrije zio's hebt", lachte Frank.

Pietro weet niet dat ik gisteren uit Città Bella ben vertrokken, dacht hij, anders had hij me erover aangesproken.

"Hoe liep het af met die dode kerel gisteren?" vroeg hij.

"De politie kwam met de hulp van zio Mario aan de weet dat hij in Città Bella verbleef. Ze hebben de auto van de duiker daar op de parking gezet. Zijn familie in Rome is gewaarschuwd en kan hem daar komen ophalen."

"Gisteren werd geopperd dat zijn dood geen gewoon ongeluk zou zijn."

"Dat blijkt inderdaad het geval. Ze vertellen er niet veel over. Ik begrijp er niets van. Waarom wordt nu een handelsreiziger met vakantie vermoord?"

Handelsreiziger? Je moest eens weten, dacht Frank.

"Ik moet ervandoor, groet je oom van me. Jammer dat je auto niet klaar is, anders gaf ik je een lift."

"Rijd je naar Frankrijk?"

"Ik ga de Hanburytuin bezoeken. Maar ik zou je met plezier naar Menton hebben gebracht."

Pietro liep naar de kassa, trok de la open en pakte er een entreebiljet voor de tuin uit.

"Hier, voor jou. Het bespaart je zeven euro."

"Hoe komen jullie daaraan?"

Pietro wees naar de grote foto's van exotische planten die in de ristorante de muren sierden.

"Zio Mario maakt in zijn zaak reclame voor de tuin, en voor wat hoort wat."

Frank bedankte hem en haastte zich weg, voor Mario terug was.

Hij hoefde niet ver te rijden om de ingang van de Hanburytuin te bereiken. De man aan de kassa die zijn entreebiljet afscheurde gaf hem een plattegrond van de tuin.

"Is er veel volk?" vroeg Frank.

"Het is nog rustig", antwoordde de man. "'s Middags zijn er meer bezoekers, als ze hier de koelte komen zoeken."

Het verbaasde Frank dat de tuin zo groot was. Een wirwar van paden liep in alle richtingen. De plattegrond kwam hem goed van pas. In de tuin zou hij een tijdje zoet zijn, al wist hij niet waarnaar hij moest uitkijken. Op goed geluk volgde hij een pad. Hoewel hij als stadsmus niet erg vertrouwd was met de natuur, trof hem de schoonheid van de tuin. Nooit had hij zoveel verschillende exotische planten en bomen bij elkaar gezien. Er waren inderdaad slechts enkele bezoekers en de tuin was zo groot dat ze elkaar niet voor de voeten liepen. Hij passeerde fonteinen met erin of eromheen beelden van schildpadden, draken en zeemeerminnen. Er hing een verrukkelijke geur. Van de meeste bloemen die hij zag, kende Frank niet eens de naam. Het interesseerde hem niet de bijgeplaatste bordjes te lezen.

Wat kom ik hier in feite zoeken, vroeg hij zich steeds weer af.

Op een bank met schitterend uitzicht over de tuin ging hij zitten. Moe was hij niet, verveeld wel.

De plek waar hij zat was omringd door verschillende soorten cactussen in allerlei grootten.

Ik wist niet eens dat er zoveel bestonden, dacht hij. Ik lijk meer op een onwetende toerist dan op een geheim agent. Waarschijnlijk noteerde nummer 9 de naam van deze tuin omdat hij het hier zo mooi vond. Als dat de reden is, dan zullen die andere twee notities ook niet veel te betekenen hebben. Wat niet wegneemt dat hij werd vermoord. Verdomme!

Frank bestudeerde opnieuw de plattegrond van de tuin. Hij zag hoe het in de rechteruithoek, helemaal tegen de zee, wilder scheen te zijn.

"Misschien wilden Thomas Hanbury en zijn broer indertijd een stuk van de kaap ongerept laten", zei hij zachtjes. "Daar kijk ik nog even en dan mag ik Hanbury schrappen. Wat kan in godsnaam een cactus te maken hebben met een ontvoerde Amerikaan."

Hij moest er haast om lachen.

Frank stond op en wandelde naar de rechterhoek.

Het pad was overgroeid met mos, een teken dat er zelden iemand kwam. Plotseling eindigde het pad. Hij kuierde tussen de wilde begroeiing door tot aan een lage stenen balustrade die uitkwam op de Middellandse Zee. In de diepte hoorde hij het water tegen de rotsen klotsen. De zon weerkaatste op de kleine golfkopjes. Het water was helblauw.

Frank geeuwde.

"Als je goede ogen hebt, kun je daarginds een van de toegangen tot de grotten zien."

Frank keek verrast opzij. Naast hem stond een man, duidelijk iemand van het personeel die de tuin moest onderhouden. Hij droeg een overall met op het borstzakje een grote gele geborduurde letter H.

De man haalde een pakje shag uit zijn zak, rolde met handige vingers een sigaret en stak deze tussen zijn lippen.

"Vroeger waren de grotten onder de tuin een trekpleister voor de toeristen", vertelde hij. "In sommige werd met kleine bootjes een eind naar binnen gevaren."

Hij lispelde een beetje door de sigaret die tijdens het praten heen en weer rolde.

"Doen ze dat nu niet meer?" vroeg Frank.

De onderhoudsman schudde ontkennend zijn hoofd.

"Waarom niet?"

"Het is tegenwoordig ten strengste verboden. De overheid zegt dat het door de instortingen van het afgelopen jaar te gevaarlijk is. Dat is grote pech."

"Voor de toeristen?"

De man antwoordde niet onmiddellijk, want hij probeerde het vuur in zijn sigaret te krijgen, wat niet gemakkelijk ging met de stevige wind op deze plek. Toen het eindelijk gelukt was, deed hij één grote haal en gooide daarna de sigaret over de balustrade in het water.

"Dat is om het af te leren", hoestte hij.

Uit de zijzak van zijn werkbroek pakte hij een platte fles, schroefde de dop eraf en nam een flinke slok.

"Wil jij ook een opkikker?"

Hij presenteerde de fles aan Frank.

Die maakte een afwerend gebaar en herhaalde zijn vraag: "Pech voor de toeristen?"

"Het is nog veel meer pech voor de smokkelaars", grinnikte de man. "Veel van de grotten in de buurt strekken zich uit tot op Frans grondgebied. Hier beneden is het een echte doolhof. Wie de weg niet weet, is hopeloos verloren."

"Interessant", zei Frank.

De onderhoudsman nam een nieuwe teug uit zijn fles, schroefde de dop er weer op en stak hem in zijn zak. Hij leunde met zijn armen op de stenen balustrade.

"Er zit meer achter", zei hij zachtjes.

"Wat bedoel je daarmee?"

"Het verbod heeft niets te maken met de instortingen."

Hij wist niet waarom, maar plotseling kreeg Frank meer aandacht voor hetgeen de man hem vertelde en die merkte dat. Enthousiast ging hij verder.

"Natuurlijk zijn er instortingen geweest, dat is al honderden jaren zo. Maar met het verbod op het bezoek aan de grotten is meer aan de hand. Wat er nu gebeurt, is niet normaal. Wij, de mensen van de streek, weten maar al te goed wat kan en wat niet. Er zit meer achter. Er wordt gefluisterd dat het iets te maken heeft met de maffia. Sommige politici van de huidige regering gaan ook niet vrijuit. Wie zal het zeggen."

Om de spanning erin te houden diepte hij opnieuw de fles uit zijn zak.

"Wil je echt niet?"

"Liever niet."

De man nam weer een ferme slok.

"Ik weet meer, want ik heb wat gezien", zei hij.

Hij zei het zo zachtjes, dat het leek of hij niet wilde dat iemand anders hem hoorde.

"Dat moet iets heel speciaals zijn geweest, man", probeerde Frank hem aan te sporen meer te vertellen. "Ik ben iemand met grote belangstelling voor vreemde dingen."

"Ik zag het twee keren."

"Dat is niet iedereen gegeven", zei Frank.

"Als ik jou zou vertellen wat het was, zou je raar opkijken."

"Probeer het", lachte Frank.

Hij brandde van nieuwsgierigheid, al was de kans groot dat die dronkaard in benevelde toestand zaken had gezien die er niet waren.

"Ik zag een kleine, blinkende buis. Hij stak een eindje uit het water omhoog en verdween daarginds." Hij wees in de richting van een aflopende rotswand beneden hen. "Daar ongeveer ging hij onder water."

"Heb je dat aan iemand verteld?"

"Natuurlijk. Zoiets is mijn verdomde plicht. Ik bracht onmiddellijk mijn oversten op de hoogte. Toen die er geen aandacht aan gaven, vertelde ik het aan mijn buurman. Die is bij de politie. Hij regelt het verkeer. Maar ik dacht dat hij wel hogere beambten kende. Zijn enige reactie was dat ik misschien een bril moet dragen. Onzin. Ik zie zo scherp als een arend. Hij zei dat ik de schittering van een vis had gezien. Poeh, alsof er vissen bestaan met een buis op hun kop. Volgens mij is het een actie van de regering tegen de smokkelaars. De maffia kan er ook mee te maken hebben."

"Wat smokkelen ze hier?" wilde Frank weten.

De onderhoudsman trok zijn gezicht in een grimas die alles kon betekenen.

"Sigaretten, daar is veel geld mee te verdienen. Of bloeddiamanten. Maar ik zwijg. Een paar maanden voor mijn pensioen wil ik mijn baan niet verliezen."

Hij pakte opnieuw het pakje shag uit zijn zak en draaide het om en om, keek ernaar, twijfelde, en stak het weer weg.

"Het gaat al beter, zie je. Ik rol zelfs geen sigaret meer", grinnikte hij.

"Je hebt gelijk dat je niets meer zegt", zei Frank. "Mij kun je vertrouwen. Ik geloof jou en ik zwijg als het graf."

"Dat zijn precies de woorden die een andere man een paar dagen geleden ook zei toen ik hem over die buis vertelde. Het was een vriendelijke kerel uit Rome. Dat hoorde ik aan zijn accent, een beetje bekakt, zoals alle lui uit grote steden. Ik was niet over de buis begonnen, maar hij vroeg me of ik in het water soms rare dingen zag."

"Zei hij ook waarom?"

"Hij is van plan een boek te schrijven over de non die hier vroeger rondwaarde. Daar weet ik niets van. Het is een verhaaltje om kleine kinderen bang te maken. Toen ik hem daarom vertelde over die blinkende buis gaf hij me zelfs tien euro voor de tip. Ik vraag me af wat een blinkende buis met een non te maken heeft. Maar hij was een heel aardige man."

De onderhoudsman spuwde in het water.

"En dan zegt men dat ik een bril nodig heb", gromde hij.

Frank begreep dat die man uit Rome agent nummer 9 was geweest. Toen de onderhoudsman hem over die blinkende buis verteld had, was hij gaan duiken. Dat had hem het leven gekost. Het betekende in ieder geval dat de agent interesse had voor de grotten en dat hij dus iets wist. Waarom had hij verdorie niet op hulp gewacht! Daarom had hij natuurlijk Hanbury in zijn boekje genoteerd. Het betekende meteen dat de andere twee notities 'La Tartaruga' en 'Bussana Vecchia' ook iets met de zaak te maken moesten hebben.

Frank gaf de onderhoudsman tien euro.

"Ik ben journalist", zei hij. "Over hetgeen jij me vertelde, kan ik misschien een artikel schrijven."

"Als je mijn naam maar niet noemt in wat je schrijft", eiste de man.

"Dat kan niet, want ik ken jouw naam niet eens", lachte Frank.

De man tikte aan zijn pet, stopte het geld in zijn zak en pakte een soort van hark die tegen een boom stond. Hij begon te schoffelen tussen het onkruid dat er welig groeide en keek niet meer op.

Frank wandelde naar de uitgang van de tuin, de schoonheid interesseerde hem geen ene moer meer.

Hij had andere dingen aan zijn hoofd.

*

Eenmaal buiten belde hij met zijn minimobiel naar zijn chef.

"Bob, ik was zojuist in de Hanburytuin waarover je het gisteren had."

"Heeft het wat opgeleverd?"

"Ik sprak met een tuinman. Hij vertelde over holen en grotten in de buurt, een paradijs voor smokkelaars. De Italiaanse agent nummer 9 had daar ook belangstelling voor. De tuinman beweert dat hij twee keer een blinkende buis had gezien die door het water kliefde. Het kan mogelijk de periscoop van een minionderzeeër zijn geweest."

"Is die man te vertrouwen?"

"Wie zal het zeggen? Hij loopt rond met een fles drank in zijn zak. Misschien is het dronkenmanspraat. In ieder geval heeft hij datzelfde verhaal onlangs ook aan nummer 9 verteld. Die ging in de buurt duiken en werd vermoord. Er blijft mij niets anders over dan ook te duiken."

Frank hoorde zijn baas fluiten.

"Wees voorzichtig, man."

"Ik moet toch mijn opdracht uitvoeren. En ik ben een gewaarschuwd man. Eerst ga ik uitzoeken wat La Tartaruga en Bussana Vecchia met de zaak te maken hebben."

"Bel als je me nodig hebt."

La Tartaruga

Na het avondeten kwam Anna weer bij Frank aan tafel zitten en ze bood hem weer een glaasje aan. Hij had liever een cappuccino.

Die van Mario was inderdaad beter.

"Hoe was het in de tuin?" vroeg ze.

"Buitengewoon mooi", antwoordde Frank. "Ik had er zelfs een gezellig praatje met een rare onderhoudsman."

"Victor met zijn fles", lachte Anna.

"Die man is een dronkaard", zei Frank. "Hij liep met een fles drank op zak. Aan de kleur te zien was het whisky."

"Hij bood je een slok aan."

Ja, knikte Frank.

"Dat doet hij bij iedereen. Haast iedereen weigert, zoals jij het ook deed."

"Hoe weet jij dat ik weigerde, Anna?"

"Omdat je zei dat Victor een dronkaard is. Had je een slok genomen, dan zou je hebben geproefd dat zijn fles gevuld was met koude thee. Door de kleur lijkt het alsof de fles gevuld is met whisky. Hij presenteert zijn fles aan alle toeristen waarmee hij een praatje maakt. Het is zijn grap, als je dat zo wilt noemen. Na de dood van zijn vrouw was hij een korte tijd aan de drank. Toen hij daardoor zijn werk dreigde te verliezen, kickte hij af.

Hij kent de streek en de onderwereld als geen ander."

"Ook de grotten?"

"Vroeger was hij een van de bootjesmannen die met toeristen in de grotten voeren. Nu is dat verboden. Tijdens de tochtjes vertelde hij de passagiers de meest waanzinnige verhalen. Die man zou boeken moeten schrijven."

Verdorie, dacht Frank, het kan best zijn dat die blinkende buis waarover hij het had ook een van zijn verzinsels is. Dan ben ik weer nergens.

Anna stond op.

Frank waagde een gok.

"Anna, ken jij een restaurant of een bar met de naam La Tartaruga?"

Het gezicht van Anna vertrok.

"Ja, signor."

"Je kijkt zo vreemd. Is er wat?"

"La Tartaruga is een bar aan de rand van San Remo. Op het eerste gezicht is er niets verkeerd aan die instelling. Hij ziet er zelfs best gezellig uit. Ze hebben goede chianti en je kunt er een pizza eten van eerste kwaliteit. Toch is het niet bepaald een gelegenheid voor brave burgers."

"Wat is er verkeerd aan?"

"Er komen veel ongure types. Naar het schijnt wordt ergens in het gebouw zwaar gegokt en dan is de maffia niet ver uit de buurt. Het heeft mogelijk te maken met witwassen van geld. Mij zien ze er niet. Hoe kom je aan die naam?"

"Van een vriend die hier in de buurt met vakantie was. Hij stuurde me trouwens naar deze streek."

"Is hij in La Tartaruga geweest?"

"Dat heeft hij me niet gezegd, maar ik geloof het niet. Hij is een brave kerel. Alleen vond hij de naam grappig."

"Ik moet weer aan het werk. Morgen komen er enkele nieuwe gasten."

Anna liep naar de keuken.

Ik neem een kijkje in La Tartaruga, dacht Frank.

Zijn motorjak trok hij niet aan. Hij liep naar de garage waar zijn motor stond, pakte de motorhelm uit de zijtas, zette hem op en reed rustig naar San Remo. Na twee keer vragen waar de bar La Tartaruga was, zag hij de lichtreclame in de vorm van een schildpad. Hij reed er voorbij en parkeerde zijn motor twee straten verder.

Frank slenterde naar de bar. Zonder motorhelm leek hij op een doodgewone wandelaar.

La Tartaruga zag er inderdaad gezellig uit, met een breed terras waarop fleurige parasols en gemakkelijke rieten stoeltjes uitnodigend stonden gegroepeerd. De meeste tafels waren bezet.

Frank stapte de bar binnen en ging aan een tafeltje dicht bij de tapkast zitten.

De waard, een man met een borstkas als een paard, vroeg hem wat hij wilde.

Frank bestelde een glas chianti en keek nieuwsgierig rond. Niets wees op de negatieve berichtgeving van Anna.

Aan de tapkast stonden twee jonge kerels. Hij schatte ze ongeveer van zijn leeftijd. Op het eerste gezicht zagen ze er sympathiek uit en het was hen aan te zien dat ze aan sport deden. Brede schouders en door de zon gebruinde gezichten.

Een van hen was iets gespierder dan de ander. Hij pronkte er blijkbaar graag mee, want hij droeg een polohemd zonder mouwen, zodat iedereen zijn brede schouders en spierballen kon zien. Op zijn rechterbovenarm had hij een tatoeage van een kreeft met opengesperde scharen. Aan zijn linkerpols zat een duikhorloge, handig om bij het duiken de stand van de zuurstof in het oog te houden.

De tweede droeg een pet met het logo van een Italiaanse voetbalclub.

Ze waren druk in gesprek en uit hun gelach maakte Frank op dat ze elkaar grappen vertelden.

Frank gaf hen de namen kreeftman en petjesman. Hij werd nieuwsgierig en leunde achterover om iets van hun gesprek te kunnen opvangen. Op een bepaald ogenblik zag hij vanuit zijn rechterooghoek hoe de kreeftman met zijn wijsvinger op de borst van de petjesman tikte. Hij hoorde hem zeggen: "Gisteren heb ik mijn deel gedaan. Je had hem moeten zien spartelen. Hij maakte geen schijn van kans. Het lijkt op gewone verdrinking. Morgen ben jij aan de beurt."

Ze barstten in lachen uit.

Een deur achter de tapkast draaide open en een oudere man liep naar de twee jonge kerels toe. Zij spraken hem aan met capo, hij was dus de chef van het groepje.

"Dat heb je goed gedaan", zei hij tegen de kreeftman. "De politie weet niet waar ze moeten zoeken. Het is geregeld dat van hogerhand de zaak wordt afgedaan als een ongeluk." Daarop richtte hij zich naar de petjesman, tikte hem zachtjes met zijn rechterhand op de linkerwang en zei. "Zorg dat jij het morgen goed doet."

De petjesman tikte met zijn wijsvinger aan de rand van zijn pet. Het leek alsof hij salueerde.

"Daar kun je op rekenen", lachte hij. "Ik heb een goed idee."

"Hoe minder heisa hoe beter", zei de capo.

"In Bussana Vecchia levert dat geen enkel probleem op", grijnsde de petjesman."

Tijdens het gesprek had Frank zich onwillekeurig meer en meer naar de drie mannen gedraaid.

De kreeftman keek opzij en snauwde: "Heb ik soms iets van je aan?"

"Helemaal niet", lachte Frank. "Ik keek naar die prachtige tatoeage op je arm. Hij is heel uitzonderlijk en zo fijn uitgevoerd heb ik hem nog nooit gezien. Die is door een eerste klas vakman gezet. Waar als ik vragen mag?"

De man bleek in zijn schik met het compliment.

"In Napels", zei hij.

"Misschien kun jij me helpen", vroeg Frank. "Ik ben hier net aangekomen en volledig vreemd. Ik zou graag leren duiken, weet jij een club waar ik les kan krijgen?"

Het antwoord van de kreeftman kwam veel te vlug.

"Ik heb er geen flauw idee van. Ik weet niets af van duiken. Dat is mijn ding niet."

Mocht dat waar zijn, dan liep je niet rond met een duikhorloge, dacht Frank.

"Dank je", lachte hij. "Ik kom wel op mijn pootjes terecht."

Hij betaalde zijn drankje, verliet de bar, liep naar zijn motor en dacht na over wat hij had gehoord.

De kreeftman had gisteren een afrekening uitgevoerd. Dat kon natuurlijk terugslaan op de verdrinkingsdood van agent nummer 9 vlakbij de Hanburytuin. De petjesman moest morgen een karwei uitvoeren in Bussana Vecchia. En de naam van dat dorp stond genoteerd in het notitieboek van de vermoorde geheim agent.

"Nee", zei hij hardop. "Zoveel toevalligheden krijg je alleen in een slechte film te zien. Ik zie spoken en dat is niet gezond."

Toch zei iets in hem dat hij op een juist spoor zat.

Terwijl hij naar Arma di Taggia reed, nam hij zich voor de volgende morgen een kijkje te nemen in Bussana Vecchia.

*

Hoewel het erg laat was geworden, was de kleine bar in het pension nog open.

Frank liep naar binnen en zag Anna zitten. Ze zei niets en schonk hem onmiddellijk een grappa in.

"Bleef je speciaal op mij wachten?" vroeg hij.

"Beviel het je in La Tartaruga?" vroeg ze.

Verwonderd keek Frank haar aan.

"Hoe weet jij dat ik daar was?"

"Uit de manier waarop je me vroeg of ik die kroeg ken bleek duidelijk dat je erheen wilde. Ik runde dit pension vele jaren samen met mijn man. We staken een hoop mensenkennis op en jij bent een heel speciaal iemand. Jij bent zeker geen gewone toerist zoals al die anderen. Toch geloof ik niet dat je kwaad in je schild voert."

Frank wilde het gesprek zo vlug mogelijk op een ander onderwerp brengen.

"Ken jij een goede duikclub?" vroeg hij.

"Om het te leren?"

"Ik heb een diploma en trek er het liefst in mijn eentje op uit."

"Dat is niet verstandig bij het duiken. Ieder jaar komen hier eigenwijze duikers in de krant omdat ze verdronken."

Frank haalde zijn schouders op.

"Wacht."

Even later bracht Anna hem een folder. Dezelfde als die Alberto hem had gegeven in Città Bella.

"Hier staan alle adressen in van de clubs in de buurt. Wat staat er morgen op je programma?"

"Bussana Vecchia."

"Wees voorzichtig."

"Is het daar gevaarlijk, Anna?"

"Ik bedoel het in het algemeen", zei ze. "Jij komt me voor als een goed mens, maar…"

Ze maakte haar zin niet af.

Bussana Vecchia

De volgende morgen was Frank voor dag en dauw uit de veren. Hij trok zijn zwembroek aan, stak het pleintje voor het pension over en liep de zee in. De koelte van het water pakte hem even. Met krachtige slagen zwom hij een heel eind weg van de kust. Ondertussen overdacht hij wat hij verder kon doen. Hij twijfelde er geen ogenblik meer aan dat de drie kerels in La Tartaruga te maken hadden met de ontvoering van de Amerikaan Ashton. Waarom anders zou kreeftman nummer 9 hebben vermoord? En vandaag moest petjesman iets gaan afhandelen in Bussana Vecchia.

Een nieuwe moord?

Wie?

Het was uitkijken geblazen.

Hij zwom terug naar de kust, stapte uit het water, droogde zich af en liep naar het pension om te ontbijten. Hij nam rustig de tijd.

Op zijn kamer overwoog hij even de revolver mee te nemen die Bob hem had gegeven. Hij besloot het toch niet te doen. Als toerist met een vuurwapen rondlopen, was geen goed idee.

Hij reed in de richting van San Remo. Halverwege passeerde hij het nieuwe Bussana, gebouwd na de aardbeving. Daar sloeg hij rechtsaf, het achterland in.

In de verte zag hij in de hoogte Bussana Vecchia liggen. Het spookdorp. Zo te zien is dat een juiste naam. Uitnodigend is het niet, vond hij.

De kerktoren torende ietwat scheef uit boven huizen waarvan sommige in puin lagen. Zelfs van die afstand zag hij gapende openingen in de gevels waar eens ramen hadden gezeten. Enkele woningen hadden niet eens een dak meer.

Hoe kan daar nog iemand wonen, dacht hij.

Aan de ingang van het dorp parkeerde hij zijn motor uit het zicht achter een grote, wilde struik. Hij stopte zijn motorhelm in de zijkoffer en wandelde het dorp in. Niemand kon zien dat hij een motorrijder was. Tussen de huizen viel het sombere gezicht vanuit de verte best mee. In de smalle straatjes hing helemaal geen horrorsfeer zoals hij had verwacht. Vele woningen waren min of meer opgeknapt. Hier en daar hingen houten bordjes met een naam erop, waarschijnlijk van een kunstenaar die er onderdak had gevonden. Overal liepen katten.

Wat hem trof was vooral de stilte.

Hij passeerde een huis dat duidelijk vakkundig was opgekalefaterd. De gevel was getooid met bloempotten. Ertussen hing een bord waarop geschreven stond dat er drie kamers werden verhuurd. Een tweede bord dat tegen de gevel stond, vermeldde dat binnen menu's werden geserveerd.

Het was duidelijk dat Bussana Vecchia zich had aangepast aan de komst van nieuwsgierige toeristen.

Een kat schurkte zich tegen zijn been aan.

"Dat doet ze om klanten voor mijn zaak te lokken", zei een man die in de deuropening verscheen.

"Helpt het?" vroeg Frank.

De man haalde zijn schouders op.

"Mijn reclame is dat ik de beste cappuccino serveer van de hele streek."

Dat zei Mario ook, dacht Frank.

"Ik wil hem wel proberen", lachte hij.

Hij liep achter de man aan naar binnen en werd door een grote kamer met enkele tafeltjes naar een terras achter het huis geleid. Het uitzicht was er adembenemend.

"Ben jij een kunstenaar?" vroeg Frank.

"Wel in mijn keuken, maar niet zoals jij bedoelt", antwoordde de man. "De toeristen komen kijken naar het verwoeste dorp en de zogezegde kunstenaars die hier een onderkomen vonden. Let op, er zijn enkele knappe artiesten bij, maar velen zitten hier omdat ze geen huishuur hoeven betalen. Hen vind je wat hogerop naar de kerk toe. Soms komen hier rare vogels aangewaaid. We hadden er een die in het veld keien ging rapen en ze beschilderde met rare tekens. Hij schreef ze volgens de kleur en de tekening een geneeskrachtige kracht toe. Ze verkochten als broodjes."

"De wereld wil bedrogen worden", lachte Frank.

"Een andere maakte kunstwerken van lege blikjes. En nu zit er een flessenman die op alle soorten van lege flessen landschapjes schildert. Hij doet het niet onaardig, maar er zit bij hem iets los." De man maakte met zijn wijsvinger een draaiende beweging aan zijn slaap. "Snap je?"

"Ik zie niet veel volk in het dorp."

"De meeste toeristen komen met een busje, later in de middag."

Frank dronk de cappuccino, feliciteerde de man en zei hem, zonder het te menen, dat hij nog nooit zo'n lekkere had gedronken.

"Ik wandel even rond", zei hij.

"Daarna kun je hier altijd wat eten", polste de man.

Frank wandelde hogerop, straat in, straat uit. Hij richtte zich op de ruïne van de kerk. De straatjes waren leeg.

Vlakbij de kerk zat een jonge kerel met een ringbaard op de dorpel van een huis. Voor hem stonden op het trottoir flessen in alle vormen en grootten uitgestald.

Frank zag van ver dat zijn lippen bewogen, de man zat in zichzelf te mummelen. Dat was dus de flessenman. De flessenman hield op met mummelen toen Frank voor hem bleef staan. Hij keek nauwelijks op. Op bijna iedere fles stond een landschap. Andere waren beschilderd met vreemde figuren. Frank hurkte neer om ze beter te bekijken. Een bolvormige fles trok zijn aandacht. De hele fles was tot aan de hals in een lichtblauwe kleur gezet. Kleine golfjes duidden aan dat het om water ging en niet om lucht. De kunstenaar had duidelijk een tafereel onder water bedoeld. In het midden zag Frank een grote, bruine rots met in het midden een grillige opening om een grot weer te geven.

In de opening stond een raket met daarop een hoofdletter A.

Frank viste de bolvormige fles tussen de andere uit om hem nader te bekijken en draaide hem om en om. Daarbij merkte hij dat de flessenman schrok.

"Mooi", zei Frank. "Deze is in een andere stijl geschilderd dan de andere flessen. Volgens mij is deze niet van jouw hand."

De jongeman reageerde niet.

"Schilderde jij hem zelf?" vroeg Frank.

De flessenman antwoordde niet.

"Of heb je hem gekregen?" drong Frank aan.

"Gevonden", klonk het antwoord.

Frank hield de fles voor het gezicht van de schilder.

"Hoeveel?"

"Hij is niet te koop", was de eerste hele zin die de jongeman sprak

"Waarom staat hij dan hier?"

De flessenman schudde even met zijn schouders.

"Duik jij?" vroeg Frank.

"Soms."

"Ik ben bereid een flinke som te betalen."

De flessenman schudde ontkennend het hoofd.

Frank deed of hij dat niet zag en zei: "Ik ben een kenner. Het gegeven op deze fles bekoort me. Deze grot is levensecht." De flessenman likte met zijn tong over zijn lippen en rolde met zijn ogen.

Die knaap is aan de drugs, dacht Frank. Of hij is doodsbang. Ik moet hem onder druk zetten.

"Een vriend van mij heeft belangstelling voor grotten en raketten. Ik denk dat hij hier kortgeleden is geweest en de fles ook heeft gezien", zei hij.

"Ja", knikte de flessenman. "Hier was iemand die er net zoals jij interesse voor had."

"Wanneer?" vroeg Frank.

De jongeman haalde zijn schouders op.

"Een week geleden", antwoordde hij.

Zweet parelde op zijn voorhoofd.

"Heb jij hem verteld hoe je aan deze fles kwam?", vroeg Frank.

De flessenman bromde wat onverstaanbaars.

"Mijn vriend ging duiken omdat hij de raket in de grot wilde zien. Hij is nu dood... verdronken. En niet per ongeluk. Hij werd vermoord."

De flessenman krieuwelde zenuwachtig met zijn vingers door zijn baard.

"Ik wil er niets mee te maken hebben", fezelde hij zo zacht dat Frank het haast niet hoorde.

"Dat begrijp ik", glimlachte Frank. "Vertel mij wat je weet. Die informatie kan jou veel geld opbrengen. Dan kun je hier weg en ben je veilig. Dan kun je een eigen atelier beginnen."

De jongeman keek Frank met smekende ogen aan.

"Hier weg", stamelde hij. "Vanavond om tien uur. Niet hier. In de cafetaria naast de nieuwe kerk beneden."

"Ik zal er zijn", beloofde Frank. "Je zult er geen spijt van krijgen. Ik wil dat je deze fles meebrengt."

Hij stond op, stak zijn hand op in een groet en wandelde weg. Aan het eind boog het straatje naar links. Toen hij een heel eind op weg was in de richting van de kasteelruïne op het hoogste punt van het dorp, hoorde hij een plof en bleef staan. Dat geluid kende hij. Een schot uit een handwapen met een geluiddemper.

Gerinkel van glas.

Frank draaide zich om en rende terug. Hij kwam de bocht om en zag de flessenman zitten, zijn hoofd lichtjes voorovergebogen. Een man liep bliksemsnel de straat uit. Hij keek niet om en verdween.

Frank liep naar de jongeman.

"Hei", zei hij.

De flessenman bewoog niet en Frank knielde naast hem neer.

In de hals van de jongeman stak een klein pijltje. Frank legde zijn hand onder zijn kin en hief het hoofd van de flessenman omhoog. Hij opende zijn ogen.

"De grot onder Hanbury", lalde hij met een dikke tong.

"Hoe kom ik er?" vroeg Frank.

De jongeman begon zachtjes te zingen: "Op een ezel... op een ezel..."

"Iemand schoot een gifpijl in zijn hals", mompelde Frank.

"Het gif maakt hem gek, zodat hij zich niets herinnert Als hij niet vlug een bloedtransfusie krijgt, sterft hij."

Enkele flessen waren stukgeslagen, ook de dikke fles lag aan scherven. Het stuk met de raket en de letter A erop was verdwenen. Op de andere scherven kleefde bloed. De aanvaller had zich gesneden.

Frank legde de jongeman voorzichtig neer, trok de gifpijl uit zijn hals en rende naar het begin van het dorp. Hij passeerde de man van het eethuisje die in de deuropening stond.

"Wat is er gaande?" riep hij naar Frank. "Er liep hier net een man voorbij met een revolver in de hand."

"Hij schoot de flessenman een gifpijl in de hals", zei Frank. Tegelijk gaf hij de man het pijltje. "Wees er voorzichtig mee. Prik je niet. Bel bliksemsnel een ambulance. Met een bloedtransfusie is de jongeman misschien te redden. Geef deze pijl mee, dan weten ze over welk gif het gaat. Het moet snel gebeuren. Ik ga de dader achterna."

Hij spurtte verder naar de uitgang van het dorp en hoorde de man roepen: "Wacht!"

"Bellen!" schreeuwde Frank terug.

Aan de rand van het dorp zag hij iemand tussen de struiken, ver in de diepte, rennen. Hij had een pet op.

Zou het de petjesman uit de bar zijn? Frank sprong op zijn motor en scheerde weg.

De baas van het eethuisje moet het verder regelen, dacht hij. Zelf kan ik de politie beter niet te woord staan.

Beneden op de hoofdweg draaide hij in de richting van San Remo. De man met de pet zag hij niet meer. Even verder was een inham met uitzicht over de Middellandse Zee. Hij bleef er staan wachten. Kort daarop kwamen twee gemotoriseerde politieagenten aangereden met achter hen een ambulance.

"Het ga je goed, flessenman", wenste Frank.

Hij wilde zekerheid hebben of de man met de pet die de flessenman een gifpijl in de hals had geschoten de petjesman was die hij de avond tevoren had gezien in La Tartaruga. Het bloed aan de scherf betekende dat hij zich had gesneden.

Ik weet alleen of ik het juist heb als ik ga kijken, nam hij zich voor.

Frank parkeerde in San Remo zijn motor op het pleintje aan de overkant van de cafetaria naast een boekenstalletje waar hij een Gazetta kocht. Daarna stak hij het pleintje over naar La Tartaruga. Van een straatventer die net voorbijkwam kocht hij een pet met 'I love San Remo' erop geborduurd. Hij zette hem op. Zo leek hij net een toerist die op het terras kwam uitrusten. Het was druk bezet. Hij vond een lege plek van waaruit hij naar binnen kon kijken.

De waard bleef achter de tapkast staan en een fraai Italiaans meisje bediende de klanten op het terras.

"Water, graag", bestelde Frank.

Hij vouwde de krant open, deed of hij las en gluurde naar binnen. Het was een pure gok.

Vanuit een deur die naar de privévertrekken leidde, kwam de petjesman de cafetaria binnen. Om zijn linkerhand zat een verband gewikkeld. Voor Frank volstond het als bewijs dat hij wel degelijk de kerel was die de aanslag op de flessenman had gepleegd.

Ik moet zo vlug mogelijk contact met mijn chef opnemen, dacht hij.

Hij betaalde het water dat hij maar voor de helft had opgedronken, vertrok, en reed recht naar Arma di Taggia.

Het pension lag er verlaten bij. Hij hoorde Anna in de keuken rommelen, de andere gasten waren waarschijnlijk een uitstap aan het maken, of ze lagen te zonnen aan het strand.

Op zijn kamer liet Frank zich op bed vallen. Hij zette op een rijtje wat hij in Bussana Vecchia had meegemaakt en wat hij daarna in La Tartaruga had gezien.

Het was een vaststaand feit dat de drie mannen van de avond tevoren met de verdwenen Amerikaan te maken hadden.

Een bende?

Leden van de maffia?

Hadden zij Ashton in handen of was de Amerikaanse ingenieur al dood?

Op de fles stond op de raket een hoofdletter A. Waarom? Duidde die op Ashton?

Wanneer was de fles geschilderd? Hoe kwam die in handen van de flessenman?

Hij vond gen antwoord op zijn vragen, haakte de minimobiel los van de ketting om zijn hals en drukte op de rode knop en het hekje.

De verbinding kwam onmiddellijk tot stand.

"Vermoedelijk weer een dode vandaag, chef!"

Bob floot. "Dan wordt het voor jou toch geen leuke vakantie?"

"Het is heel ernstig en het gaat veel verder dan we hadden verwacht. Ik probeer voor jou samen te vatten wat ik tot nog toe ontdekte en meemaakte. We weten dat de tuinman in Hanbury een buis zag, wat heel goed de periscoop van een miniduikboot kon zijn. Gisteravond ging ik naar La Tartaruga."

"De tweede notitie in de agenda van nummer 9", wist Bob nog.

"Die verwijst naar een cafetaria in San Remo waar maffialeden zich ophouden. Ik zag er drie en uit wat ik hoorde van hun gesprek maakte ik op dat een van hen de dood van nummer 9 op zijn geweten heeft. Een ander moest vandaag naar Bussana Vecchia en dus reed ik daar vanmorgen heen. Het is een soort van spookdorp waar vooral kunstenaars wonen. Een jonge kerel houdt er zich onledig met het beschilderen van lege flessen."

"Kunst?" schamperde Bob.

"Op een van zijn flessen zag ik een grot onder water met daarin een raket waarop een hoofdletter A stond. Een duidelijke verwijzing naar Ashton. De jongeman vertelde dat iemand anders pas nog interesse had getoond voor de fles. Ik gok erop dat het nummer 9 was geweest."

"Is het niet vergezocht?"

"Luister Bob. Eén en één is twee. Eén: agent nummer 9 zag de fles en trok de conclusie dat Ashton hem had geschilderd, met als boodschap dat hij in een grot onder water gevangen wordt gehouden. Twee: Hij ging op onderzoek, wat hem het leven kostte."

"Misschien weet die flessenman meer. Laat hem praten. Betaal hem als het nodig is", zei Bob.

"Ik maakte met hem een afspraak voor vanavond. Toen ik net bij hem vandaan kwam, schoot een van de drie kerels die ik in La Tartaruga zag een gifpijltje in zijn hals. Hij sloeg de fles stuk en nam de scherf waarop de raket met de hoofdletter A stond, mee. Als de flessenman nog leeft, is hij volledig uitgeteld. Maar ik vrees dat doktershulp voor hem te laat is gekomen."

Bob kuchte.

"Wat ben je van plan?"

"Er blijft me niets anders over dan te gaan duiken, net zoals nummer 9 het deed. De tekening op de fles kan er inderdaad op duiden dat Ashton in een grot onder de Hanburytuin gevangen wordt gehouden."

"Misschien staat er ook echt een raket."

"Dat kan ik alleen ter plaatse uitmaken. Leeft de ingenieur nog, dan moet ik proberen hem te bevrijden. Staat er een raket, dan moet die in ieder geval worden vernietigd."

"Hoe denk je dat te doen?"

"Dat weet ik niet. Eerst ga ik kijken."

"Heb je iets nodig?"

"Springstof, klein maar krachtig en niet te ingewikkeld. Ontsteking op de oude manier, met een lont. Zo vlug mogelijk. Ik logeer in pension Anna in Arma die Taggia. Morgen huur ik een auto en koop het noodzakelijke voor een duik. Van de duikclub vlakbij de Hanburytuin kan ik geen gebruik maken. Ik moet het stiekem doen, dat is veiliger."

Frank hoorde zijn chef blazen.

"Wees voorzichtig, Frank. We kunnen jou niet missen. Ik zorg dat je de springstof krijgt. Ten laatste morgenmiddag heb je het. Doe geen domme dingen en vergeet niet achterom te kijken, want dat is een fout die agenten zuur kan opbreken."

Een lichte klik. De verbinding was verbroken.

Zoals ook de avond tevoren, kwam Anna na het avondmaal met een grappa bij hem zitten.

"Hoe was je dag?" vroeg ze.

"Goed", antwoordde Frank. "Maar van Bussana Vecchia heb ik geen hoge pet op. Het is misschien bijzonder voor mensen die van kunst houden."

"Bussana Vecchia was in het nieuws op de plaatselijke zender", zei Anna.

"Wat was er aan de hand?" vroeg Frank.

Hij voelde zich gespannen.

"Een plaatselijke kunstenaar werd bijna vermoord. De politie is erg karig met het geven van inlichtingen. De uitbater van een eethuisje vertelde aan de pers dat er een man was geweest die bij hem eerst een cappuccino dronk en daarna het dorp inwandelde. Even later liep een andere man met een revolver in de hand het dorp uit. Niet lang daarna kwam de eerste man teruggelopen en vroeg hem vlug een ambulance te bellen omdat een kunstenaar gewond op de straat lag. De uitbater belde de ambulance en toen die samen met de politie kwam, waren beide mannen weg. De politie heeft het onderzoek in handen. Ze willen graag de eerste man spreken. Mogelijk was hij een getuige. De kunstenaar verkeert altijd nog in levensgevaar. De kans is heel klein dat hij het haalt. Jammer dat ze hem niet kunnen ondervragen. Heb jij er niets van gemerkt toen je daar was?"

Frank haalde zijn schouders op.

"Ik vond Bussana niet zo interessant, was er maar heel even en bracht de hele ochtend in San Remo door. Die aanslag moet gebeurd zijn toen ik weg was. Wie doet nu zoiets? Misschien was een koper niet tevreden over zijn aankoop."

Hij vond het zelf een flauwe grap.

Verdomme, dacht hij. Het wordt me hier heet onder de voeten. Wat als die uitbater mij nauwkeurig kan beschrijven? Gelukkig stond mijn motor verstopt aan de ingang van het dorp en heeft niemand hem gezien. Toch zal het beter zijn als ik hem een poosje niet meer gebruik.

De duik

De volgende dag reed Frank onmiddellijk na het ontbijt naar San Remo. Hij stalde zijn motor in een parkeergarage. Zijn motorhelm stopte hij in een van de zijkoffers en haalde uit de andere een sweater en sportschoenen. Daarmee liep hij naar het toilet van de parkeergarage, waar hij zijn motorjak ruilde voor de sweater. Het motorjak kreeg ook een plaats in de zijkoffer, die hij zorgvuldig afsloot.

Als een doorsnee vakantieganger liep hij naar een verhuurbedrijf voor auto's. Daar huurde hij een Fiat 500.

"Hoeveel dagen?" vroeg de bediende.

"Drie", zei Frank. "Mogelijk heb ik hem niet zolang nodig."

"We doen geen terugbetalingen", zei de man.

Met het Fiatje reed Frank naar een zaak die gespecialiseerd was in duikersuitrustingen en zocht zorgvuldig uit wat hij nodig dacht te hebben. Een mondmasker, een bril, een volle luchtfles, een riem met loden platen om beter onder water te blijven, zwemvliezen, een mes en een waterdichte lamp. De verkoper probeerde hem nog enkele snufjes aan te smeren.

"Morgen", lachte Frank.

Hij laadde de gekochte artikelen in het autootje en reed in de richting van Frankrijk. Hij was van plan vlak voor de Italiaans-Franse grens een plek te zoeken waar hij ongezien het water in kon gaan. Het best zou een verlaten plaats zijn die zich niet te ver voorbij de Punta della Mortola bevond, waar bovenop de Hanburytuin lag en waar hij de huurauto uit het zicht kon parkeren.

Frank passeerde de ristorante van Mario en de duikclub. Nu begon zijn zoektocht. Toen hij een paadje zag, zette hij de auto aan de kant en liep te voet de kleine weg op, richting zee. Amper vijftig meter verder zag hij dat het met de auto onmogelijk was.

Hij stapte de Fiat weer in en reed verder.

Bijna onmiddellijk moest hij weer op de rem gaan staan. Een nieuw paadje, en deze keer had hij meer geluk. Bandensporen in het zand duidden aan dat er vaker auto's waren geweest. Voorzichtig reed hij verder en belandde op een open plek vlakbij het water. Rondom de plek groeiden hoge struiken.

Ondanks een bord met de melding dat illegaal vuilnis storten verboden was, lag het er vol mee. Vooral lege chipszakjes en platgedrukte drankblikken.

"Een vrijersplek", grinnikte Frank. " En zo te zien wordt ze 's avonds druk bezocht."

Hij draaide het autootje, zodat het met de snuit naar de weg wees. Dat was handiger voor als het nodig mocht zijn vlug te moeten verdwijnen.

Hij trok zijn kleren uit en legde ze op de achterbank. Zijn zwembroek had hij reeds in het pension aangetrokken.

Waar laat ik de minimobiel? vroeg hij zich af. Hij is waterdicht, maar onder water kan ik er niets mee doen en als ik in een grot kom, dan heb ik van daaruit ook geen verbinding. Hem in de auto laten was te gevaarlijk. Stel je voor dat een carjacker met de Fiat aan de haal ging.

Hij peuterde een van de loden plaatjes uit de riem los en stak het mobieltje in de plaats. Met zijn halsketting maakte hij het vast.

De afstand van waar hij stond tot aan de Punta della Mortola waaronder de grotten waren, viel mee. Hij pakte de duikersspullen uit de auto en sloot de wagen af. Naast het linkervoorwiel maakte hij een kuiltje in het zand en stopte er de autosleutel in. Vervolgens maakte hij zich klaar voor de duik. Tien minuten had hij nodig.

Een jaar geleden had hij tijdens een vakantie aan de Rode Zee in Egypte voor het laatst gedoken.

Frank stapte het water in. Even twijfelde hij hoe hij het best naar de kaap zou zwemmen. Als hij aan de oppervlakte bleef, dan kon hij zich gemakkelijker oriënteren. Maar het gevaar was groter dat iemand hem zou opmerken. Daarom dook hij onmiddellijk een tweetal meter onder de waterspiegel. Het was even wennen. Langzaam maar zeker kreeg hij het zwemmen met een duikersuitrusting weer onder de knie.

Het water was bijzonder helder en hij kon duidelijk de bodem zien.

Kleine, gestreepte visjes flitsten onder hem voorbij. Tussen de grote stenen die hier en daar lagen, zochten kleine inktvissen een schuilplaats vanwaar ze naar een prooi loerden. Bovenop rotsblokken stonden zee-egels die hun zwarte stekels dreigend omhoog staken.

Hoe verder hij zwom, hoe meer hij door rotsen werd omringd. Het werd iets donkerder.

Frank zwom omhoog en stak zijn hoofd even boven water. Hij was vlakbij de kaap die hoog boven hem uittorende. Hij dook weer dieper en volgde de rotswand. Daar ergens moesten de ingangen tot de grotten zich bevinden. Hij hoopte dat het er niet teveel zouden zijn. En hoe kon hij de juiste vinden?

De zee werd dieper en ook hij dook ietwat dieper.

Plotseling zag hij naast zich een gapende opening.

Een grot?

Tegelijk viel een grote schaduw over hem heen en verschrikt

keek hij omhoog. De schaduw had de vorm van een reusachtige vis. Toch geen haai, hoopte Frank. Ik had een harpoen moeten meenemen. Ik heb niets om me te verdedigen. Als ik me stil hou, zwemt hij misschien weg.

Met het mes dat hij aan zijn onderbeen had gegespt, kon hij niet veel beginnen.

Ineens zag hij dat de schaduw een duikboot was. Er stonden geen kentekens op. Frank schatte dat hij plaats bood aan drie personen. Het was de miniduikboot waarvan Victor, de tuinman, de periscoop twee keer had gezien.

Wie erin zat, mocht hem in geen geval in de gaten krijgen.

Frank zwom langs de rotswand, wanhopig zoekend naar een plek om zich te verbergen. De wand was kaal. Slechts hier en daar was een uitstulping, maar allemaal waren ze veel te klein om als schuilplaats dienst te doen. Naast een ervan perste hij zich tegen de kaap.

Niet bewegen, dan zien ze me niet, hoopte hij.

De miniduikboot daalde langzaam, bleef toen stil liggen. Aan de voorkant floepte een felle schijnwerper aan. De lichtbundel gleed over de rotswand.

Hij zoekt de juiste plaats om zonder ongelukken de grot in te varen, hoopte Frank.

Eventjes zat hij in de lichtbundel voor deze voorbij gleed.

Gelukkig, ze hebben me niet gezien, dacht hij opgelucht.

Fout gedacht!

De lichtbundel keerde terug en hield hem gevangen. Frank maakte zich los van de rotswand en zwom zo vlug hij kon in de richting van de kust.

Als ik ondiep water bereik, ben ik gered. Daar kan de duikboot niet komen, hamerde het in zijn hoofd.

Onderaan het vaartuig schoof een klein luik open en een duiker liet zich in het water zakken. Met een harpoen in de hand zwom hij rustig op Frank af.

De schijnwerper werd gedoofd.

Ik onderga het lot van agent nummer 9, schoot het door Franks hoofd.

Zijn belager was zeker van zijn zaak. Hij richtte de harpoen en schoot. Net op het nippertje draaide Frank zich op zijn zij. De harpoen doorboorde de slang die van zijn mondmasker naar de zuurstoffles op zijn rug liep. De lucht borrelde met grote bellen vrij naar buiten.

Het laatst wat Frank zag was een arm met daarop een getatoeëerde kreeft met opengesperde scharen.

De kreeftman zwom rustig terug naar de miniduikboot, er van overtuigd dat de ongewenste duiker de verdrinkingsdood zou sterven.

En daar zat hij niet ver naast. Snakkend naar adem sloeg Frank wild met zijn armen. Alles werd zwart voor zijn ogen. Een sterke stroming sleurde hem mee.

Gevangen

Het water bewoog in een brede golf en gulpte vervolgens in een boog het strand op. Het zand maakte daardoor een knisperend geluid. Toen werd het enkele tellen stil, tot een nieuwe gulp de stilte in de grot verstoorde.

Een kuch weerkaatste viervoudig door de ruimte. Frank lag op zijn zij. Uit zijn mond liep een klein straaltje water. Opnieuw kuchte hij. Zijn ene hand klauwde in het zand. Zand, overal zand.

Hij opende met grote moeite zijn ogen, het leek of ze waren dichtgeplakt.

Een blauw, zacht licht zweefde boven het water, meer niet. De rest van de grot was in duisternis gehuld.

Moeizaam richtte hij zich een stukje op, voldoende om de luchtfles los te gespen. Even bleef hij voorovergebogen zitten om op adem te komen. Hij probeerde zich te herinneren wat er was gebeurd. De ingang van de grot, de miniduikboot, de man met de harpoen... de kreeftman! Die had met één schot zijn luchtslang doorboord en was er waarschijnlijk van overtuigd dat hij dood was.

Hoe is het mogelijk, dacht hij. Hoe kon ik dit overleven?

Opnieuw gulpte het water het strand waar hij zat op. Meteen begreep hij wat zijn redding was geweest. Een stroming die met regelmatige tussenpozen de grot introk, had hem mee-gesleurd toen hij buiten westen was.

Hij trok zijn zwemvliezen uit. Zijn duikmasker was weg. Uit het zakje in zijn riem viste hij de minimobiel, maakte de ketting los en hing hem weer om zijn hals.

Wat nu?

Frank stond op en voelde een rilling over zijn rug lopen. Het was fris in de grot.

Hoe raak ik hier weg? vroeg hij zich af.

Terug naar zee?

Te gevaarlijk met zijn kapotte duikersuitrusting. En misschien zwom de kreeftman daar nog rond. Zonder wapen kon hij niets beginnen. Het was veiliger de kreeftman in de waan te laten dat hij dood was.

Hij mocht geen sporen achterlaten voor het geval er iemand in deze grot zou komen. Met zijn handen groef hij een gat in het mulle zand van de grotkreek. Hij stopte er de luchtfles, de riem en de zwemvliezen in. Het mes bleef stevig om zijn onder-been gegespt en de waterdichte lamp hield hij in zijn hand.

Hij moest een beschermengel hebben gehad.

Even overwoog hij de minimobiel te proberen, maar zag ervan af.

In een onderzeese grot kon hij onmogelijk verbinding maken. En mocht dat wel het geval zijn, wat kon zijn chef beginnen om hem uit dit ondergronds hol te helpen? Hij was op zichzelf aangewezen. Het kwam erop aan landinwaarts een weg uit de grot te zoeken, als die al bestond.

Frank knipte de lamp aan en liet de straal verkennend langs de wanden glijden. Nergens zag hij een opening die erop uit-kwam. Geen uitweg te bespeuren. Hij richtte de lichtstraal omhoog. De straal bereikte amper het plafond.

"Dat wordt klimmen op hoop van zegen", bromde hij.

"Vind ik boven geen uitweg, dan moet ik alsnog proberen tegen de stroming in te zwemmen."

Aan één kant staken hier en daar rotspunten uit de rotswand. Om te voorkomen dat de minimobiel tijdens het klimmen tegen de rotswand stuk zou slaan, maakte hij het toestelletje van de halsketting los en stopte het aan de voorkant in zijn zwembroek. Voor een veilige klim moest hij zijn twee handen gebruiken en daarom haakte hij de lamp aan de ketting vast. Een ogenblik bleef hij staan, haalde toen diep adem, greep de eerste rotspunt en trok zich omhoog. Met zijn tenen tastte hij naar een steun. Hij schramde zijn blote voeten en beet op zijn tanden.

Telkens als hij, als een spin tegen de wand gekleefd, even kon rusten, tastte hij met één hand naar de lamp die op zijn borst bungelde. Dan scheen hij omhoog om te kijken waaraan hij zich kon vastklampen.

Het ging ontzettend traag en vergde enorme inspanning.

Op een smalle richel bleef hij hijgend liggen en keek naar beneden. Acht meter gevorderd, schatte hij. De moeite niet. Het was hopeloos.

Positief denken, vermaande hij zichzelf.

De lichtstraal van zijn lamp zweefde heen weer over de richel. Aan het einde ervan zag Frank een kleine opening. Zou die groot genoeg zijn om erdoor te kruipen?

Hij aarzelde. Wat als hij vast kwam te zitten? Misschien was het beter om nog hoger te klimmen. Hij richtte de lamp naar boven. Er scheen geen eind aan te komen. Ook zag hij haast geen uitstekende steunpunten meer.

Vooruit dan maar. Op zijn buik schoof hij in de richting van de opening en wurmde zich naar binnen. Hij schramde zijn schouders. Toen die eenmaal door het gat waren, bleek hij in een natuurlijke tunnel te zijn. Gelukkig was de bodem betrekkelijk glad. Waarschijnlijk was de tunnel lang geleden ontstaan, toen er water doorheen stroomde.

Als een slang kronkelde hij verder. Zijn hoofd hield hij gebogen, om het niet te stoten tegen de uitsteeksels aan de bovenkant.

"Als ik vast kom te zitten, kan ik niet eens omdraaien", gromde hij.

Ter hoogte van zijn rechterschouder voelde hij ineens een zachte, koude luchtstroom.

Frank bleef stil liggen.

Een luchtstroom kon alleen van buiten komen.

Hij meende stemmen te horen, doofde de lamp en kroop zachtjes, centimeter voor centimeter, verder.

Rechts in de tunnelwand zat een opening waaruit een wind woei die het geluid van stemmen meevoerde.

Frank keek door het gat.

Hemeltjelief!

Hij keek recht naar beneden in een grote koepelvormige grot die in verbinding stond met de zee. Dat zag hij aan de overkant, waar een soort van kanaal liep. Er was een primitieve kaaimuur gemetseld.

De grot was verlicht. In het midden ervan stond een raket. Hij schatte hem anderhalve meter hoog en, ondanks zijn geringe grootte, ging er een behoorlijke dreiging van uit.

Naast de raket stond een man met een duikfles in de hand, zijn duikmasker had hij hoog op zijn voorhoofd geschoven. Aan de tatoeage op zijn arm herkende Frank de kreeftman die hem vandaag nog had willen vermoorden.

Plotseling dook vlak naast de kaaimuur de miniduikboot uit het water op. De kreeftman zette een stap achteruit. Hij was al zwemmend eerder in de grot gekomen dan de miniduikboot. Aan de bovenkant klapte een rond deksel open en de petjesman kroop naar buiten. Zijn ene hand zat nog in een verband. Hij werd gevolgd door de capo. De kreeftman gaf hen een handje, zodat ze gemakkelijk op de kaaimuur konden springen.

"Jullie bleven lang weg", zei hij.

"Toen jij uit de duikboot ging, hadden we even problemen met het sluiten van het luik", antwoordde de petjesman.

"Mijn werk is netjes geregeld", zei de kreeftman. "Gezien de stroming zal het lijk van die nieuwsgierige kerel in Frankrijk aanspoelen. Opgeruimd staat netjes."

"Alle pottenkijkers zijn uitgeschakeld", lachte de petjesman. "Wie zich met ons bemoeit, laten we verdwijnen. Op een mannetje meer of minder kijken we niet."

De capo die inmiddels uit de duikboot was gekropen, keek hem boos aan.

"De moeilijkheden begonnen toen jij aan de Amerikaan schildersgerei gaf om landschapjes te schilderen. Dat had je nooit mogen doen."

"Jij wilde dat ik hem iedere week een injectie gaf om hem kalm te houden", snauwde petjesman. "Die injecties hielden hem zo rustig dat hij bijna een zombie werd. Hij kon haast niet meer meewerken aan de bouw van de raket. Pas nadat hij mocht schilderen, leefde hij weer wat op. En daar staat het resultaat."

Petjesman wees naar de raket.

"En toen schilderde hij een boodschap op een lege fles die langs het kanaal de buitenwereld bereikte. Het leverde ons drie nieuwsgierigen op", grauwde de capo.

"Ja, dat weet ik", gromde petjesman.

"We hebben hen alle drie netjes opgevangen", lachte kreeftman. "Kijk niet zo boos. De derde bemoeial is daarnet uitgeschakeld. De eerste proefraket staat te blinken en de plannen zijn klaar. We kunnen eindelijk leveren en incasseren. Met mijn deel ga ik rentenieren. Nog enkele dagen geduld."

De capo haalde een sleutel uit zijn zak.

"Ik zal de Amerikaan zelf zijn injectie geven. We kunnen ons niet veroorloven dat het op het einde nog fout loopt."

Hij liep naar een trap die in de rotswand was uitgehouwen.

"Ik ga me omkleden", zei de kreeftman.

Samen met de petjesman kroop hij in de miniduikboot. Frank kreeg rustig de tijd om rond te kijken. De grot was heel professioneel ingericht. Het was duidelijk dat er geen amateurs aan het werk waren geweest. De Italiaanse maffia had hier een dikke vinger in de pap. In deze grot hadden ze rustig maanden lang kunnen werken, dicht bij de bewoonde wereld en toch ongezien. Buiten deze drie waren beslist nog andere mannen aan het werk geweest.

Zouden ze hier nog ergens zijn? vroeg hij zich af. Het mocht een wonder heten dat de Amerikaan zijn geschilderde boodschap de grot uit had gekregen. Hoe de fles bij de flessenman kwam, speelde geen rol. Dankzij de fles was nummer 9 in actie geschoten. Veel had het niet geholpen. Pottenkijkers werden uitgeschakeld, dat had hij aan den lijve ondervonden.

Gelukkig waren de paar woorden in de agenda van nummer 9 voldoende geweest om hem op het spoor te zetten.

Ineens begon Frank te rillen. Hij was te lang in deze kille grot, alleen gekleed in een zwembroek.

Ik moet zo vlug mogelijk zien buiten te komen, vond hij.

Achteruit kon hij niet. Vooruit dan maar, op hoop van zegen.

Hij begon opnieuw voorwaarts te kronkelen. Op sommige plaatsen schuurde hij met zijn schouders tegen de wanden. Hoe lang hij kroop wist hij niet, hij kon het zelfs niet meer schatten. Hij verbeet de pijn en de wanhoop die zich meer en meer van hem meester maakte.

Frank voelde dat hij stilaan aan het einde van zijn krachten kwam.

Ineens werd de tunnel een weinig hoger en kreeg hij meer bewegingsruimte. Hij hoefde niet meer als een slang te kronkelen. Op handen en knieën ging het vlotter. Het gaf hem nieuwe moed.

En plotseling was het plafond zo hoog dat hij bijna rechtop kon staan. Hij werd duizelig en viel tegen de wand.

Frank bleef enkele ogenblikken hijgend staan en strompelde dan verder.

De tunnel splitste zich.

Welke kant moest hij kiezen? Het kon hem weinig schelen. Lang hield hij het niet meer vol.

Rechts dan maar. Zijn hoofd tolde. Hij beefde van kop tot teen.

"Ze zullen me hier nooit vinden", lispelde hij. "Geheim agent nummer 4 vindt zijn graf onder de Hanburytuin. Dat is meer dan één bloempot op je grafsteen."

In het licht van zijn lamp zag hij stenen trappen die naar boven voerden. Op handen en voeten trok hij zich trede na trede omhoog.

"Naar buiten, naar buiten", gromde hij.

Frank stootte met zijn hoofd tegen een houten luik, het zwaaide gemakkelijk open.

Een kamer vol licht.

Hij richtte zich op en stapte naar binnen. Alles was troebel.

Aan een tafel zaten drie mannen.

"Kom binnen", zei een stem die klonk als een klok.

Het galmde pijnlijk hol in zijn oren.

De kamer begon te tollen als een draaimolen.

Een hand richtte een revolver.

Frank zette wankelend twee passen de kamer in en zakte vervolgens bewusteloos in elkaar.

Bondgenoten

Frank lag meer dan hij zat op de grond. Iemand ondersteunde hem met één hand in zijn nek en met de andere hield hij een glas aan zijn lippen.

"Drink!"

Frank kon nauwelijks zijn mond openen. Enkele druppels liepen tussen zijn lippen. Hij proefde grappa. De drank brandde.

Zijn hoofd werd wat hoger getild en er volgden weer enkele druppels met daarna een flink slokje. Hij begon te hoesten en probeerde meer rechtop te zitten. Hij voelde hoe iemand een deken om hem heen sloeg.

Stilaan kwam hij bij zijn positieven en hij zag twee mannen aan de tafel zitten. Eén van hen kende hij.

"Dag zio Mario", zei hij tegen de man met de scheve neus.

"Wat moet dat, Mario?" vroeg de man die naast de oom van Pietro zat. "Ken jij die kerel met wie we zitten opgescheept?"

Voordat Mario kon antwoorden, hoorde Frank degene die hem de grappa had laten drinken, zeggen: "Natuurlijk kennen wij signor Francesco. Hij gaf me een lift vanuit Menton toen ik pech met mijn auto had."

Frank draaide zijn hoofd en zag Pietro. Hij lachte flauwtjes naar hem. Hij herinnerde zich het houten luik dat meegaf en hoe alles zwart werd. Zijn herinnering kwam terug.

Toen hij de kamer naar binnen wankelde, had hij een ogenblik gedacht in de handen te zijn gevallen van de capo en zijn handlangers. Nu voelde hij zich opgelucht, pakte het glas grappa uit de hand van Pietro en nam een grote teug, waarna hij opnieuw hevig begon te hoesten.

"Rustig aan, of je wordt dronken", lachte Pietro.

De jongeman hielp Frank overeind en liet hem op een stoel zitten.

Frank keek om zich heen.

De ruimte waar hij zat leek op een opslagplaats. Er stonden verschillende stapels dozen. Aan de opschriften te zien waren ze gevuld met sigaretten.

Smokkelwaar, wist hij.

"Waar ben ik?" vroeg hij.

"Onder mijn ristorante", lachte Mario. "Was jij in de grotten verdwaald geraakt?"

"Ik ging duiken", antwoordde Frank "Een stroming sleurde me mee."

Opnieuw begon hij te rillen.

"Liggen jouw kleren in de duikclub?" vroeg Mario.

"Ik dook in het wild. Ik hou niet zo van regels waar je je aan moet houden. Met de auto zocht ik…"

"Auto?" onderbrak Pietro hem. "Jij verplaatst je toch met een motor?"

"Om te duiken heb ik een auto gehuurd. Dat is gemakkelijker om de duikersspullen mee te nemen."

"Waar is die auto?"

"Aan het einde van een doodlopende weg even voorbij jouw restaurant."

"De vrijersplek", grinnikte Pietro.

"Haal jij de auto", beval Mario zijn neef. "Parkeer hem achter de ristorante en breng zijn kleren mee hierheen."

Pietro stak zijn hand uit naar Frank. "De autosleutel."

"Ingegraven naast het linkervoorwiel. Schiet je wel een beetje op, de kou zit tot in mijn botten."

Pietro verdween.

"Wij moeten eens ernstig praten", zei Mario. "Je zei dat je ging duiken. Je komt niet in een grot zonder uitrusting. Waar is die? Vertel me niet dat de vissen die hebben opgevreten."

Frank zuchtte diep. Hij vroeg zich af hoe hij zich uit zijn nieuwe situatie moest praten. Op de tafel lag zijn waterdichte lamp en het mes. Met zijn rechterhand voelde hij aan zijn zwembroek en tastte naar de kleine bult. De minimobiel hadden ze niet gevonden.

"Ik heb heel wat te vertellen, Mario", zei hij.

"Dat is je geraden."

"Jullie zijn smokkelaars en dat maakt mij helemaal niets uit. Daar heb ik geen ene moer mee te maken."

"Het gaat niet om ons, maar om jou", zei de man die naast Mario zat.

Frank bleef onverstoorbaar.

"Ik kan alles uitleggen. Jullie mogen smokkelen zoveel je wilt. Voor mij hoef je niet bang te zijn."

"Geef me één reden waarom wij voor jou bang zouden zijn", gromde de man. "Jij zou het voor ons in je broek moeten doen."

Frank zag dat hij naar de trommelrevolver greep die voor hem op de tafel lag.

"Laat dat, Giuseppe", zei Mario.

"Hij is niet eens geladen", glimlachte Frank, terwijl hij de deken dichter om zich heen trok.

Mario zag het en zei: "Wacht even met je uitleg tot Pietro terug is met je kleren."

Hij schonk een bel cognac in een kannetje, verhitte de drank op een campingvuurtje en hield er zijn aansteker boven. De walm van de cognac vatte vlam. Mario blies de blauwe vlam uit, gooide een schijf citroen in het kannetje en goot de drank in een beker.

"Wees niet bang, de meeste alcohol is verdampt, dit zal je verwarmen tot in het puntje van je ziel. Voorzichtig slurpen. Neem rustig je tijd, we lopen niet weg."

Hij kreeg gelijk. Frank voelde de warmte tot diep in zijn lichaam doordringen. Terwijl hij slurpte, praatten de twee mannen zo vlug met elkaar in een dialect, dat hij er geen woord van kon verstaan. Tijdens het gesprek hield de man die Giuseppe werd genoemd hem aandachtig in het oog. Het was duidelijk dat hij de hele situatie niet vertrouwde.

Het duurde niet lang of Pietro kwam binnen met zijn kleren. Hij knikte naar Mario en Giuseppe.

Frank trok zijn kleren aan en dacht ondertussen na over zijn nieuwe situatie.

Van deze mannen had hij niets te vrezen. Zij hadden niets te maken met de raket in de grot. Zij waren smokkelaars en geen moordenaars, getuige de revolver die niet eens geladen was. Misschien kon hij, als hij het handig aanpakte, gebruik maken van hun hulp en hun kennis van de grotten.

"Ik ben er zeker van dat jullie het de laatste tijd niet gemakkelijk hebben", zei hij.

"Dat is waar", gaf Mario toe.

"Ben jij van de politie?" vroeg Giuseppe.

Zijn stem klonk een beetje vriendelijker.

"Mocht dat zo zijn, dan had ik als buitenlander hier niet de minste bevoegdheid", antwoordde Frank. "Geloof me als ik zeg dat ik jullie van dienst kan zijn. Als jullie mij een handje helpen, wordt daarna het smokkelen voor jullie net zoals vroeger."

"We kunnen hem maar beter vertrouwen, Giuseppe", zei Mario. "Wat stel je voor, signor Francesco?"

"Wacht", zei Frank. "Eerst moet je nog één vraag beantwoorden. Smokkelen jullie ook drugs?"

Hij schrok van de reactie.

Giuseppe sprong op. Met een trillende hand wees hij naar Frank.

"Die vraag alleen al is een schande. Hoe durf je. Mijn zoon stierf aan drugs. Als er ooit een drugsdealer op mijn pad komt, sta ik niet in voor zijn leven."

"Rustig", suste Mario. "Ga verder, signor Franceso."

"Francesco is genoeg", glimlachte Frank. "In de grotten huist een bende. Hij bestaat uit leden van de maffia."

Giuseppe sloeg een kruis.

"Ze hebben moedwillig instortingen veroorzaakt, waardoor de toegang tot de grotten werd verboden."

"Waarom deden ze dat?" vroeg Mario.

"Het heeft te maken met een man die ze hebben ontvoerd. Daarom ben ik hier."

Met geen woord repte hij over de raket.

"Jullie hebben het moeilijk door de instortingen. Als het nodig is, zal de maffia jullie verdrijven of zelfs laten verdwijnen. Herinneren jullie zich de duiker die drie dagen geleden stierf? Daar hebben zij de hand in. Hij kwam op hun terrein en dat bleef niet onbestraft. Hij werd vermoord."

Frank wachtte even om de betekenis van zijn woorden te laten doordringen. Hij besloot het verhaal nog wat aan te dikken.

"Het duurt niet lang meer of het hele grottengebied wordt verboden terrein. Ik ging naar hen op zoek en ik heb hen gezien. Mij hebben ze met een harpoen aangevallen die mijn zuurstofslang openreet. Ze hebben me voor dood achtergelaten, anders zat ik hier nu niet. De arm van de maffia reikt ver. Ik moet de man die ze hebben ontvoerd en gevangen houden bevrijden."

De mannen luisterden ademloos.

"Lukt dat met jullie hulp en brengen jullie hem via de smokkelweg naar Frankrijk, dan keert hier de rust terug en kunnen jullie ongehinderd met je handel verdergaan. Naderhand hoeft geen kip te weten wat hier gebeurde. Op de koop toe zit er een flinke beloning aan vast. Wat denk je?"

"We hebben niets te verliezen", zei Mario. "Waaruit bestaat onze hulp? Ik heb geen zin om met maffialeden in de clinch te gaan."

"Ik zweer dat er voor jullie geen enkel gevaar aan verbonden is.", zei Frank.

"Wat moeten we doen?"

"Eerst mij een warme douche laten nemen. Hebben jullie een plattegrond van de grotten?"

"Natuurlijk", lachte Pietro. "Die wordt zelfs regelmatig bijgewerkt en aangepast, zeker na de instortingen die de laatste maanden plaatsgrepen."

"Tijd voor mijn douche", lachte Mario.

Hij bracht Frank naar de badkamer en gaf hem een schone handdoek. Terwijl het warme water over Franks lichaam stroomde, dacht hij over de toestand na.

Op het nippertje was hij aan de dood ontsnapt.

Hij had uit de grot weten te komen.

Er stond een raket.

De Amerikaan leefde nog.

Er bleef niet veel tijd meer over.

Mario, Pietro en Giuseppe moesten hem de broodnodige hulp bieden. In zijn eentje kon hij het wel vergeten.

Na een verkwikkende douche vond hij in het toiletkastje het nodige om de schaafwonden op zijn schouders, knieën en voeten te verzorgen. Hij voelde zich een ander mens.

Toen hij in de kamer terugkwam van waaruit de smokkelaars in de grotten konden afdalen, zaten ze alle drie te eten. Mario zette een bord dampende minestrone voor hem neer.

"Eet! De beste van de streek."

"Zoals jouw cappuccino?" lachte Frank.

Na het eten pakte Mario een grote rol papier en spreidde die over de tafel uit. Frank zag een wirwar van tunnels en holten.

"Hier bovenaan zie je de zee", wees Mario. "Dit zijn de ingangen tot de grotten. Die waar een rood kruisje staat zijn niet meer te gebruiken. Die met een blauw kruis liggen onder water. Dat dikke groene punt duidt mijn ristorante aan."

"Bovenop een grot gebouwd", zei Frank.

"Die stippellijn niet ver van mijn ristorante markeert de Italiaans-Franse grens."

Frank bestudeerde de getekende kaart. Hij probeerde de ingang te vinden waarlangs hij naar binnen was gezogen nadat de kreeftman zijn luchtslang kapot had geschoten.

"Waar is de vrijersplek?"

"Hier", wees de vinger van Pietro.

Even verder schoot de kaap in zee. Halverwege was een ingang gemarkeerd met een blauw kruis.

"Wat weet je over deze grot?"

"Die is niet belangrijk, hij heeft geen enkele waarde. Hij is niet zo groot en alleen te bereiken via een tunnel onder water. Niemand van ons is daar ooit geweest. Hij is in feite onbereikbaar. Alleen met een duikersuitrusting kun je er komen."

Ik was er, dacht Frank.

Hij wees een andere ingang aan, eveneens met een blauw kruis. "Ik zie dat deze uitmondt in een grotere grot."

"Voor ons niet belangrijk."

"Welke grotten werden vroeger gebruikt voor de boottochtjes met toeristen?" vroeg Frank.

Mario tikte er op de plattegrond enkele aan. Ze lagen verder weg.

"Na de instortingen werden ze verboden. Daar zie je er nog meer. Ze liggen een heel eind boven de waterspiegel. Het krioelt er van de vogels die er nestelen."

Frank probeerde zich te oriënteren op de kleine grot waar hij was gestrand. Hij zocht met zijn ogen de tunnel waar hij door een opening de grot met de raket had gezien en waarlangs hij de opslagplaats van Mario had bereikt. Toen hij die had gevonden, zag hij ook waar de raketgrot lag. Plotseling zag hij dat vanuit de raketgrot een tunnel tot onder het restaurant liep. In het midden waren een hoop spikkels getekend."

"Wat betekent dat?" wees hij.

"Een instorting. Betekent niets, want die tunnel gebruikten we nooit. Vanuit die grot kun je toch de zee niet bereiken, tenzij je een vis bent."

Of met een miniduikboot, dacht Frank.

Hij prentte in zijn geheugen hoe hij vanuit de opslagruimte recht naar de raket kon lopen. Hij moest zich dan wel een weg door het ingestorte gedeelte banen. Hoe? Geen idee!

"Luister, mannen. Morgenmiddag kom ik terug, kruip door het luik en verdwijn hier." Met zijn hand maakte hij een cirkelende beweging boven de plattegrond, zonder een bepaalde plaats aan te duiden. "Jullie wachten hier op me. Als ik terugkom, dan heb ik iemand bij me. Een Amerikaan. Hij is het die door de bende al maandenlang in een grot gevangen wordt gehouden. Kom ik niet terug, dan hebben jullie me nooit gezien. Het betekent dat de maffia mij te pakken heeft."

Ze keken hem alle drie verbaasd aan.

"Als ik de gevangene hier naartoe kan brengen, dan moeten jullie hem onmiddellijk naar Frankrijk vervoeren. Hoe jullie dat doen, via een smokkelweg door de grotten of via de gewone autoweg, speelt geen rol. Je wordt er rijkelijk voor betaald." Hij richtte zich tot Pietro. "Kun jij hem ergens in Frankrijk niet ver van de grens verborgen houden?"

"Geen probleem", antwoordde Pietro. "In de winkel van oncle Gilbert bij het benzinestation is plaats genoeg. Maar zou ik morgen niet beter met jou meegaan, de grotten in? Ik ken ze als mijn broekzak."

"Te gevaarlijk, Pietro."

Even twijfelde hij of hij hen zou vertellen over de raket die hij moest vernietigen. Hij besloot het niet te doen.

"Waar logeer je?" vroeg Mario. "Je bent weggegaan uit de Città Bella in San Remo, zei mijn neef."

"De stad was me wat te druk. In Arma di Taggia vond ik een rustig pension."

Ze hoefden niet te weten waar het precies was.

Springstof

In de late namiddag stapte Frank in de Fiat 500 en reed naar het verhuurbedrijf, waar hij de auto inleverde.

"Dat is vlug", zei de bediende.

"Zo gaat het bijna altijd met mij", antwoordde Frank. "Ben ik even met vakantie, dan roept de baas me op voor een noodgeval."

Hij liep naar de parkeergarage, pakte zijn motor en reed naar Arma di Taggia. Het ging hem allemaal te vlug. Hij hield er meer van de zaken rustig af te handelen. Onderweg zag hij een rustig plekje langs het water.

Even mijn chef bellen, dacht hij. Bob zal opkijken.

Hij stopte, trok de motor op zijn standaard en wandelde naar de waterkant. Toen er niemand te bespeuren was, pakte hij de minimobiel. Het duurde lang voor de verbinding tot stand kwam. Het was duidelijk dat Bob niet thuis was, want hij hoorde bijgeluiden die hij niet thuis kon brengen.

"Ik ben blij je te horen", zei zijn chef. "Hoe is het verlopen?"

"Het was kantje boord. Toen ik via de zee in het grottenstelsel wilde binnendringen, verscheen er een miniduikboot."

"Zagen ze jou?"

"Bijna onmiddellijk. Ik kon weinig beginnen. Die maffiakerel schoot met een harpoen mijn luchtslang stuk."

Frank hoorde zijn baas fluiten.

"Ik kreeg geen lucht meer en verloor het bewustzijn. Toen ik ontwaakte lag ik in een kleine grot en zocht een uitgang. Door een opening zag ik een grote grot waar de maffia een raket heeft staan. Daar houden ze de Amerikaan gevangen."

De baas zuchtte.

"Er valt geen tijd te verliezen. Morgen ga ik terug."

"Ga je weer duiken?"

"Hoeft niet. Ik maakte kennis met Italiaanse smokkelaars. Twee van hen zijn Pietro en zijn oom Mario, over wie ik je al eerder heb verteld. Via hun magazijn hoop ik de raketgrot te bereiken. Voor een flinke beloning zijn ze bereid me te helpen. Kan ik de Amerikaan bevrijden, dan komen zij in actie en smokkelen hem de grens over. Vlak voor Menton is een benzinestation met ernaast een winkel, Chez Gilbert, Daar brengen ze hem onder tot ik er ben en dan bel ik jou op voor verdere instructies. Als ik de springstof tijdig heb, blaas ik de raket op."

"De springstof is al geleverd."

Even een stilte.

"Vergeet je wapen niet, Frank."

De verbinding werd verbroken.

*

Frank reed naar pension Anna.

"Signor Francesco!" riep de pensionhoudster toen hij naar binnen stapte.

Ze kwam op hem toe lopen met een pakje in de hand. Alleen zijn naam stond erop.

"Dit werd een uur geleden voor jou afgegeven."

De springstof, dacht Frank.

"Wie bracht het?"

Anna trok haar wenkbrauwen op.

"Een man met een pet, iemand van de koeriersdienst."

"Dank je", lachte Frank. "Ik hoorde een raar geluid in mijn motor en heb naar de hulpdienst van de fabriek gebeld. Zij beloofden met spoed een onderdeel te sturen dat ik zelf kan vervangen. Laat ik geen kwaad woord meer horen over de service in Italië. Die is gewoon prima. Moest je iets betalen?"

"Nee." Anna schudde haar hoofd.

Op zijn kamer maakte Frank het pakje open. Er zaten drie doosjes in. Het eerste had de grootte van een sigarenkistje, de twee andere leken op lucifersdoosjes. Aan het grootste zat een tamelijk lange lont, de andere twee waren voorzien van kortere lontjes.

"Mooi", lachte Frank. "Net wat ik nodig heb."

Hij wachtte een uurtje en liep toen naar beneden. Hij trok zijn gezicht in een treurige plooi.

"Anna, ik kreeg zojuist op mijn mobiele telefoon een oproep van een collega op het werk. Morgenvroeg vertrek ik."

Anna schrok.

"Ik kom zeker eens terug", beloofde Frank. Hij gebruikte dezelfde smoes als toen hij uit Città Bella vertrok. "De baas van de zaak waar ik werk is plotseling overleden en de werknemers kunnen bij de uitvaart natuurlijk niet ontbreken."

"Dan drinken we vanavond een laatste grappa", beloofde Anna.

Op zijn kamer pakte Frank het weinige dat hij bij zich had in. Daarna maakte hij het koffertje open dat Bob hem had gegeven en haalde de revolver eruit. Het ding lag prettig in de hand. Hij richtte op zijn spiegelbeeld en zei zachtjes: "Paf!"

Een koude rilling liep over zijn rug.

In het wapen stak een lader en een reserve was voorhanden.

"Ik hoop jou niet nodig te hebben", zei hij.

De grot

De volgende morgen nam hij afscheid van Anna.

"Wees voorzichtig", zei ze, alsof ze wist wat hem te doen stond.

Hij reed naar San Remo.

In een sportwinkel kocht hij een donker trainingspak, een kleine rugzak en een paar sportschoenen met dikke, soepele zolen. Stukken gemakkelijker om door ondergrondse tunnels te kruipen. Net op tijd dacht hij eraan een aansteker aan te schaffen. Die had hij nodig om de lont van de springstof aan te steken. Hij kocht er twee, voor het geval er een zou weigeren. Dat kon hij zich niet veroorloven.

Terwijl hij naar Ventimiglia reed, overdacht hij voor de zoveelste keer hoe hij zijn actie ging aanpakken.

Eerst in de grot met de raket zien te komen.

De Amerikaan bevrijden.

De raket opblazen.

In woorden waren het drie simpele acties.

Veel zou afhangen van de omstandigheden als hij eenmaal onder de grond zat.

Bij het restaurant van Mario parkeerde hij zijn motor aan de achterkant en liep via de achterdeur naar binnen.

Mario, Giuseppe en Pietro zaten op hem te wachten. Frank

groette hen en zei dat hij meteen aan het werk wilde. Hij verwisselde zijn motorpak voor het donkere trainingspak, gespte het duikersmes aan zijn been en hing de schouderholster met de revolver om.

"Deze is wel geladen", glimlachte hij naar Giuseppe.

In de rugzak stopte hij de grote en de twee kleinere doosjes met springstof.

"Klaar", zei hij en pakte de lamp.

De drie mannen keken hem met open mond aan.

"Ik dacht eerst dat jij een soort privédetective was", zei Mario. "Maar jij bent wat anders."

"Een geheim agent", zei Giuseppe.

Frank glimlachte. "Wat ik ben, is niet belangrijk. Wél wat ik doe voor het welzijn van velen."

Het klonk theatraal, maar hij wist niets anders te verzinnen.

"Jullie weten het. Kom ik niet terug, dan vergeet je dat je me ooit hebt gezien. Dat is veiliger voor jullie."

Pietro stond op.

"Ik ga met jou mee", zei hij.

"Nee", antwoordde Frank.

"Je kunt mij niet tegenhouden. Ik ken de weg beneden beter dan jij. Ik kom gewoon achter jou aan."

Frank dacht aan het gedeelte in de tunnel waar hij op de plattegrond de instorting had gezien. Daar zou hulp meer dan welkom zijn.

"Goed", zei hij. "Een eindje mag je me vergezellen om me op de juiste weg te zetten. Ik eis volledige gehoorzaamheid."

Mario richtte zich in zijn volledige lengte op. Dreigend stak hij zijn rechterwijsvinger uit naar Frank.

"Jij zorgt dat mijn neef niets overkomt!"

"We komen terug", grijnsde Frank. "Ik kan jouw cappuccino niet missen."

Daarop trok hij het valluik open en de twee mannen daalden af.

"Waarheen?" vroeg Pietro.

"De tunnel met de instorting", zei Frank.

Het eerste stuk leverde geen moeilijkheden. Pietro liep voorop. Tot aan de instorting was er geen gevaar. Het plafond werd wel stilaan lager en lager tot ze op handen en knieën verder door de tunnel moesten kruipen.

"Verder kunnen we niet, Francesco", zei Pietro.

In het licht van de lamp zag Frank dat ze op de plaats van de instorting waren.

"Wat nu?" vroeg Pietro.

"Ik moet hier doorheen. Help me een opening te maken. Het moet in stilte gebeuren. Die kerels van de maffia mogen ons in geen geval horen."

Pietro pakte een paar losse stenen en gaf ze aan Frank. Die legde ze op een rij achter elkaar, zodat de terugweg niet werd afgesloten. Het ging traag en al snel zaten ze onder het zweet. Frank gaf zijn mes aan Pietro en die peuterde er wat brokstukken mee los.

Frank vroeg zich net bezorgd af of ze er wel doorheen zouden komen, tot hij een kleine opening zag. Ze groeven verder. Achter de instorting was het niet ver meer tot aan de grot met de raket.

"We zijn er bijna doorheen", fluisterde Pietro.

"De lamp moet uit", antwoordde Frank.

Twee uren duurde het om de opening groot genoeg te maken zodat hij er doorheen kon.

"Pietro, je hebt knap gewerkt", feliciteerde Frank hem. "Wacht hier. Ik ga alleen verder. Kan ik de Amerikaan bevrijden, dan breng ik hem hierheen en begeleid jij hem naar de ristorante. Je weet wat je daar te doen staat."

Pietro stak zijn duim op.

Frank vroeg zich af hoe de conditie van de Amerikaan zou zijn om hem hieruit te halen.

"Niet denken, doen!" vermaande hij zichzelf.

Hij kroop in zijn eentje verder, tot de tunnel eindigde in een grote opening. Die lag een meter boven de begane grond van de grot.

De ruimte was zacht verlicht. De raket stond te blinken. De duikboot was er niet. Achter zich hoorde hij gescharrel en ineens voelde hij de adem van Pietro in zijn nek.

"Mama mia", hijgde die toen hij de raket zag.

Frank wilde woedend uitvaren omdat Pietro hem was gevolgd. Het was te laat.

"Wat ga je doen, Franceso?"

Frank was verplicht hem alles te vertellen.

"Die raket kan veel onheil over de wereld brengen. Ik moet hem onklaar maken. De Amerikaan werd een tijdje geleden ontvoerd en ze verplichtten hem te helpen. Nu het werk gedaan is, gaan ze hem vermoorden. Voor dat gebeurt, moet hij weg. Blijf hier. Jij zet geen voet in de grot en loopt het fout, dan maak je als de bliksem dat je weg bent en rep je met geen woord over wat je hebt meegemaakt. Afgesproken? "

Pietro was onder de indruk.

"Op mij kun je rekenen, Francesco."

Frank pakte een steentje en gooide het in de grot. Het kletterde op de grond. Niemand liet zich zien. Hij bestudeerde de indeling van de grot. Aan de overkant zag hij de trap die in de rots was uitgehouwen. Drie meter hoger eindigde deze bij een metalen deur. Daarachter zat de Amerikaan, want bij zijn eerste bezoek had hij de capo de trap zien oplopen om de gevangene een injectie te geven. Onderaan de trap bevond zich een houten deur. Waartoe die toegang gaf, wist hij niet.

De deur zwaaide naar buiten open en twee mannen stapten de grot binnen, de kreeftman en de petjesman. Ze praatten met elkaar en door het gewelf van de grot werden de geluiden versterkt, zodat Frank hen zonder moeite kon verstaan.

"Het is hier bijna afgelopen", zei kreeftman.

Petjesman wreef in zijn handen. "Gelukkig, ik ben het hier stilaan grondig beu. De capo mag ons best een nieuwe opdracht geven, maar de volgende keer meer in de open lucht." "Zodra hij hier is, beginnen we aan de afbraak van de raket." "Een makkie. Hij gaat in drie delen de duikboot in."

De petjesman tikte op een koffertje dat hij bij zich droeg. "De tekeningen van de raket zet ik er alvast naast, dan kunnen ze meteen mee de duikboot in. Het werk van de Amerikaan is afgelopen."

Hij liep naar de raket en zette het koffertje eronder.

"Hoe is het met hem?" vroeg de kreeftman.

Bij die woorden maakte hij met zijn hoofd een beweging in de richting van de metalen deur bovenaan de trap.

"Dat weet ik niet. Ik zou hem vandaag zijn wekelijkse injectie moeten geven om hem kalm te houden, maar de capo heeft het gisteren al gedaan. Dus is het nu niet meer nodig. Trouwens, zijn taak zit erop. Hij heeft zijn laatste schilderij gemaakt."

Om zijn woorden kracht bij te zetten, beeldde hij met de duim en de wijsvinger van zijn rechterhand een revolver uit en riep: "Pang! Dat is een taak voor jou, jij bent de opruimer van dienst."

"Wanneer? Nu?"

"Wacht tot de capo er is. Soms verandert hij van gedachte, je weet nooit."

"Waar blijft hij?"

"Weet ik veel. Toen hij ons hier afzette, zei hij dat hij nog iets moest regelen. Hij is de baas."

"We kunnen net zo goed binnen wachten", stelde de kreeftman voor. "Ik heb trek in een glas wijn."

Ze liepen terug naar waar ze vandaan kwamen. De deur sloeg achter hen dicht.

Het moet snel gebeuren, dacht Frank.

Tussen de aanlegplaats voor de miniduikboot en de raket lag een hoop rommel, met ertussen enkele houten balken.

Frank haalde diep adem. Alles of niets. Hij sprong uit het tunnelgat naar beneden en liep naar de rommel. Hij pakte er een korte, stevige balk uit en liep ermee naar de houten deur. Voorzichtig klemde hij de balk er schuin tegenaan.

Die deur krijgen ze niet zo vlug meer open, hoopte hij.

Voor alle zekerheid haalde hij nog twee balken om het hen nog moeilijker te maken. Vervolgens pakte hij het grootste pakje springstof uit zijn rugzak en legde het onder de raket. De lont rolde hij af in de richting van de tunnel. Hij was niet lang genoeg, maar dat was een zorg voor later.

Hij luisterde.

Alles bleef stil. Het was te mooi om waar te zijn.

Frank liep de trappen op naar de bovenste metalen deur, greep de klink en draaide. Op slot natuurlijk. Uit zijn rugzak pakte hij het pakje springstof dat zo groot was als een lucifersdoosje en bevestigde het aan de deur, ter hoogte van het slot. Met een van de aanstekers stak hij de korte lont aan en drukte zich naast de deur tegen de rotswand. De knal was niet zo hard, maar het geluid werd wel verviervoudigd door het gewelf. Het slot hing uit de deur. Hij trapte hem open en met zijn revolver in de hand sprong hij in de deuropening.

De Amerikaan was alleen en zat aan een tafel. Hij keek verschrikt naar de man die hij niet kende.

"Mister Ashton, ik kom je bevrijden", zei Frank. "Kun je lopen? Vlug, we hebben geen tijd te verliezen."

De Amerikaan sprong meteen in de houding. Hij was het gewend onmiddellijk te gehoorzamen. De injecties hadden hem tam gemaakt. Zijn gezicht toonde geen enkele uitdrukking, niet van angst, niet van vreugde. Hij leek wel een robot die doet wat hem wordt bevolen.

"Kom mee!" beval Frank.

Toen ze uit de kamer stapten, rook Frank een brandgeur. Rook kringelde beneden vanonder de houten deur.

De ontploffing had kreeftman en petjesman alert gemaakt. Toen ze niet naar buiten konden vanwege de geblokkeerde deur, hadden ze niets beters kunnen bedenken dan deze in brand te steken. Voorlopig zaten ze nog opgesloten.

Als die deur voldoende is doorgebrand, zijn ze vrij, dacht Frank. Ik moet vlug handelen.

"Loop snel naar dat gat, mister Ashton."

Hij wees naar de opening van de tunnel waardoor hij was gekomen. Samen met de Amerikaan liep hij de stenen trap af. Beneden zakte Ashton in elkaar.

Zwakte? Teveel emotie? Zenuwen?

"Verdomme!" vloekte Frank hardop. "Ik moet hem dragen en ook nog de lont aansteken."

"Ik draag hem wel", hoorde hij een stem.

Pietro was uit de tunnel gesprongen en stond achter hem.

"Ik zei je in de tunnel te blijven", siste Frank.

Pietro deed of hij het niet hoorde, greep de Amerikaan, gooide hem als een lappenpop over zijn schouders en liep ermee naar de tunnel.

De vlammen sloegen uit de houten deur. Het zou niet lang meer duren of de maffialeden waren vrij.

Pietro was al met de Amerikaan bij de tunnel. Hij schoof hem in de opening en sprong hem achterna. Ze verdwenen.

Frank moest alleen de lont nog aansteken om de raket op te blazen. Hij liep erheen.

Ver kwam hij niet.

Tzang!

Een kogel sloeg in op een rotsblok naast hem. Hij dook erachter en een tweede scheerde langs zijn hoofd.

Waar kwamen die schoten vandaan? De deur stond in lichterlaaie, kreeftman en petjesman zaten nog opgesloten.

Ineens zag Frank de miniduikboot. Terwijl hij druk bezig was, had hij niet gemerkt dat die was opgedoken. Het bovenluik stond opengeklapt en de capo loste vanaf het dek het ene schot na het andere.

Frank trok zijn revolver en vuurde in het wilde weg terug, richten ging niet.

Met een beetje geluk kon hij ontsnappen. Hij was dichter bij de tunnel dan bij de lont. Enkele sprongen naar de tunnel, gevolgd door een sprong in het gat en hij was veilig. Maar dan bleef de raket ongedeerd en bleven de tekeningen in de handen van de maffia. Ze moesten koste wat het kost vernietigd worden.

Hij vuurde opnieuw en raakte de capo in zijn arm. Die liet zijn wapen vallen. Het moment om de lont aan te steken.

Frank richtte zich half op. Een kogel raakte bijna zijn rechteroor.

De opgesloten boeven waren erin geslaagd de brandende deur en de balken weg te trappen. Rookwolken dwarrelden hoog door de grot.

"Geef je over!" schreeuwde de kreeftman. "Wij zullen je in leven laten!"

In Sinterklaas geloof ik al lang niet meer, dacht Frank.

"Kom me maar halen!" schreeuwde hij terug. "Jullie zijn voor geen haar te vertrouwen!"

"We hebben je zo te pakken!" gilde petjesman.

Dat lag voor de hand. Frank kon geen kant op.

Het vuren vanaf de miniduikboot was opgehouden. De capo moest flink geraakt zijn. Veel hielp hem dat niet. De twee anderen konden elkaar dekken en ze zouden hem zonder twijfel heel vlug te pakken krijgen.

Gelukkig is Pietro met Ashton al een flink eind door de tunnel. De helft van mijn opdracht is geslaagd, dacht hij. De Amerikaan is gered. Moet ik daarvoor sterven? Die kerels laten me in geen geval in leven en de raket staat daar nog mooi rechtop.

Frank moest er niet aan denken bij het uiteinde van de lont te komen. Zelfs voor een zelfmoordpoging was de afstand te ver. Hij kreeg het moeilijk en tastte naar de minimobiel.

"Ik kan geen afscheid nemen van mijn chef", zuchtte hij. "Hier heb ik geen verbinding."

Intussen was in de grot de rooklucht dikker geworden. Brandende spaanders vlogen in het rond. Frank ging met zijn rug tegen het rotsblok zitten en stak een nieuwe lader in de revolver. Hij kon alleen zijn huid duur verkopen en zo Pietro de kans geven om met de Amerikaan in veiligheid te komen.

Veilig? Wie was er veilig? Wie weet wat de maffia zou beginnen met Mario en Pietro als ze aan de weet kwamen hoe die hem hadden geholpen?

"Niet aan denken, Frank", gromde hij.

"Vluchten!"

De kreet schalde door de grot en weerkaatste meervoudig tegen de rotswanden.

"Vluchten! Die kerel heeft de boel ondermijnd!"

Verbaasd zag Frank vanachter het rotsblok kreeftman en petjesman in de richting van de miniduikboot rennen. Tegelijk zag hij hoe een brandende spaander op de lont was gevallen. Die had vlam gevat en naderde de springstof onder de raket. Hij wachtte geen ogenblik, de ontploffing zou hevig zijn. Terwijl de boeven probeerden in veiligheid te komen, sprong hij naar de opening van de tunnel en dook erin. Eenmaal binnen draaide hij zich om. Hij zag kreeftman en petjesman op het dek van de miniduikboot staan. Tussen hen in hing de capo. Ze probeerden zich naar binnen te wurmen.

Op datzelfde ogenblik daverde er een zware ontploffing door de grot. Een groot gedeelte van de zoldering stortte in.

Het water werd met een reusachtige golf meters hoog opgezwiept. In de golf zag Frank blinkende stukken metaal rondvliegen. De miniduikboot was uit elkaar gespat.

Dat overleeft niemand, dacht Frank

Wolken stof en steengruis vulden de ruimte.

Zo vlug hij kon, kroop hij de tunnel door. Hij hoefde niet bang te zijn dat de maffialui hem achterna kwamen. Hij bereikte de plaats waar ze eerder de weg hadden vrijgemaakt. Het was beter dat in de toekomst niemand via de tunnel de grot kon bereiken. Hij pakte het laatste, kleine pakje springstof en stopte het tussen twee zware stenen. Hij rolde de korte lont af, ontstak hem en kroop weg zo vlug hij kon.

In de tunnel klonk de knal nog harder dan in de grot. Frank kreeg een schok, hij dacht dat zijn linkeroor scheurde. Half verdoofd bleef hij liggen nadat hij tegen de wand van de tunnel was geslagen. Een hevige pijnscheut doorkliefde zijn hoofd. Achter hem was de tunnel volledig ingestort.

Het duurde een poosje voor hij weer genoeg bij zijn positieven was om naar het luik te kruipen. Zodra hij het wilde openen, zwaaide het omhoog. Mario stak zijn hand uit om hem naar binnen te hijsen.

"Man, jij weet om te gaan met springstof", zei hij. "De hele omgeving trilde."

"Ik hoop dat jullie smokkelgang geen schade heeft opgelopen", verontschuldigde Frank zich.

"Die loopt een heel andere kant uit."

"Waar is de man die ik bevrijd heb?"

"Pietro is er al mee op weg naar Frankrijk."

"Hoe?"

"Met mijn auto. Hij belde naar mijn broer Alfonso aan de grens en die zorgt dat hij ongehinderd passeert. Het was nu niet het moment om onze tunnel landinwaarts te gebruiken. Jij kunt hier beter zo vlug mogelijk zien weg te komen."

"Waarom?"

"Kijk eens door het raam."

Buiten reed een auto van de carabinieri voorbij.

"Waar gaat die heen?" vroeg Frank.

"Dat is de derde die naar de Hanburytuin rijdt. Daar bleek paniek te zijn uitgebroken toen de aarde beefde. Ze denken aan een aardbeving en de omgeving wordt ontruimd. Jouw optreden heeft heel wat veroorzaakt", lachte Mario. "Ik ben er zeker van dat ze bij mij ook om inlichtingen zullen komen. Gelukkig weet ik niets."

Frank trok zijn motorpak aan.

"Hoe kom ik in Menton bij Gilbert?" vroeg hij.

"Kom mee."

Mario liep met Frank naar de achterkant van de ristorante waar zijn motor stond.

"Zie je daar dat kleine paadje? Volg het en je komt uit bij de vrijersplek. Vanaf dat punt ken je de weg. Kom je nog terug?"

"Natuurlijk, op mijn erewoord. Ik ben jou heel wat schuldig."

Frank omarmde Mario, stapte op zijn motor en was even later uit het zicht verdwenen.

Waar is de Amerikaan?

Pas toen Frank de Italiaans-Franse grens passeerde, voelde hij de spanning van zich af glijden.

Hij vond zelf dat zijn opdracht op een wonderbaarlijke manier was gelukt.

Wonderbaarlijk?

Agent nummer 9 was vermoord.

De flessenman uit Bussana Vecchia zou misschien voor zijn hele leven een levende zombie blijven. Als hij nog leefde.

In de grot stierven drie maffialeden. Het waren boeven, maar toch...

Vier, mogelijk vijf doden in minder dan een week.

Hij kreeg een vieze smaak in zijn mond. Een leven als geheim agent had hem eerst avontuurlijk geleken en bij zijn eerste opdrachten was het dat ook geweest, maar plotseling vond hij het niet meer aantrekkelijk.

Hij gooide die gedachte van zich af toen hij aan de rand van Menton de lichtreclame van het benzinestation zag. Frank trok zijn motor op de standaard en liep naar de winkel van oncle Gilbert.

Op de deur hing een bordje met de boodschap: 'Fermé'.

"Wat nu?" bromde hij.

Met zijn vlakke hand sloeg hij op de glazen deur. Na de

tweede keer verscheen Gilbert met een brede glimlach. Hij opende de deur.

"U bent signor Francesco", lachte hij. "De operatie is geslaagd."

"Waar is de Amerikaan?" vroeg Frank.

"Weg", antwoordde Gilbert.

"Weg?" herhaalde Frank ongelovig. "Hoe weg? Waarheen weg? Waarom weg?"

Woede laaide in hem op. Na alles wat hij had gedaan, na het wagen van zijn leven was de man, voor wie doden waren gevallen, weg. Zat de groep smokkelaars hierachter? Dachten ze uit die man munt te kunnen slaan? Hadden ze hem bedrogen?

Voor oncle Gilbert kon antwoorden, pakte hij zijn minimobiel en belde zijn chef. Bob nam onmiddellijk op. Voordat die één woord kon zeggen, barstte Frank los.

"Ze hebben mij erin geluisd! Terwijl ik de Amerikaan bevrijdde en de raket met gevaar voor eigen leven opblies, zijn die spaghettivreters met Ashton aan de haal. Ze moesten hem afleveren bij Gilbert. Daar sta ik nu, maar intussen is hij verdwenen!"

"Blijf daar wachten", zei Bob. "Op dit ogenblik kun je niets doen. Je krijgt vlug versterking. Wacht op verdere instructies. Er is nog niets verloren. De raket en de tekeningen zijn vernietigd, dat is het voornaamste. Verlaat in geen geval de winkel van Gilbert. De versterking is op komst."

De chef verbrak de verbinding.

Frank begreep er niets van.

Gilbert keek hem grijnzend aan.

"Koffie, monsieur?"

Hij sloot de deur van de winkel en schonk twee koppen in.

Frank liet de zijne staan en ijsbeerde door de winkel. De hele film van de voorbije dagen draaide door zijn hoofd.

Waar had hij een fout gemaakt?

Hij kwam er niet uit.

Wachten, had zijn chef gezegd. Waarom verdorie? Bob had daarnet gezegd dat de tekeningen waren vernietigd, maar hij had hem niets gezegd over de tekeningen.

Er zou versterking komen. Moest hij gaan samenwerken met een Franse geheim agent om de verdwenen Ashton terug te vinden?

"Heb jij pen, papier en een envelop voor me?" vroeg hij Gilbert.

Met het gevraagde trok hij zich terug aan een tafeltje in de hoek van de winkel en begon verwoed te schrijven.

Een halfuur later zag hij de auto van Mario de parking voor het benzinestation opdraaien. Pietro stapte uit. Achterin zag hij iemand achter de ruit bewegen. De Amerikaan?

Pietro hield het autoportier open en Bob stapte uit.

Frank holde naar buiten.

"Wat heeft dat te betekenen?" riep hij.

"Alles in orde", lachte zijn chef.

"Wat doe jij hier? Ik wist van niets."

"Je deed het prima, Frank. Toen je naar springstof vroeg, bleek dat de opdracht gevaarlijker was dan verwacht. Ik heb die daarom zelf naar Arma di Taggia gebracht."

"Was jij dat?"

"Inderdaad. Ik wilde om twee redenen in de buurt zijn. Voor het geval het nodig was je bij te staan. En kreeg je Ashton vrij, dan wilde ik hem zo vlug mogelijk in de handen van de Amerikanen in Frankrijk spelen. Daarvoor heb ik meer contacten dan jij. Dat is inmiddels gebeurd. Ashton wordt uit ons geheugen geschrapt. We kennen hem niet, hij heeft nooit bestaan. Zo willen zij het en zo doen wij het. De opdracht is prima uitgevoerd. Knap gedaan."

"Wat nu?"

"Jij vertelde aan de telefoon dat die Mario de beste koffie maakt van heel Italië. Ik ben nodig aan koffie toe."

"Geen koffie, échte cappuccino", verbeterde Frank.

"Ik rijd met Pietro naar Mario en jij volgt ons op de motor. Daar drinken we een beroemde cappuccino."

"Dat kan niet. De carabinieri zijn daar."

"En wie ben ik? Als we daar eenmaal zijn, belonen we jouw Italiaanse vrienden voor hun hulp met cash geld, zoiets moet natuurlijk onder ons blijven. Daarna breng je mij met Pietro naar de dichtstbijzijnde vlieghaven van waaruit ik naar huis kan. In Antwerpen weet niemand waar ik ben."

"Wat doe ik?"

"Neem een paar dagen vakantie, maar… met je minimobiel bij de hand. Oh ja, Ashton gaf me dit voor jou."

Bob pakte uit zijn jaszak een blaadje papier dat uit een notitieboek was gescheurd.

In bevende letters stond erop geschreven:

Thank you!

De Boeing steeg op, trok zijn wielen in en zette koers naar Zaventem.

Bob opende de envelop die Frank hem had gegeven net voor hij in het vliegtuig stapte. Hij haalde er de brief uit die zijn geheim agent had geschreven in de winkel van oncle Gilbert.

De chef fronste zijn wenkbrauwen toen hij het ontslag las dat Frank hem aanbood.

Andere boeken reeds verschenen in de reeks

Tumorgas

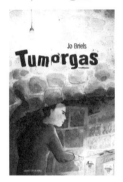

Frank Vervoort, lid van de geheime Bijzondere Eenheid, moet naar Barcelona om de formule van het tumorgas in handen te krijgen.
Kan hij de man met het tandenstokertje van zich af schudden?
Is Paco, de taxichauffeur, te vertrouwen?
Heeft El Gordo de formule?
Betekent deze opdracht het einde van Frank?

ISBN: 9789059325036

'SOS-Vrachtschip Peace in nood'

Frank Vervoort, lid van de geheime Bijzondere Eenheid, moet uitzoeken of het vrachtschip Peace, dat in de Antwerpse haven ligt, echt wapens aan boord heeft.
Hoe komt hij op het schip?
Dat is een eerste moeilijkheid, maar lang niet de laatste.

ISBN 9789059323254